finn-ole heinrich

die taschen voll wasser

erzählungen

mairisch Verlag

[mairisch 11]
7. Auflage, 2008

www.mairisch.de

Umschlagfotos: Roberta Schneider / www.mittelgruen.de
Autorenfoto: Rasih Bayölken / www.rabay.org
Druck: AZ-Druck, Kempten

Printed in Germany
ISBN 3-938539-01-1
ISBN 978-3-938539-01-9

Inhalt

Gummistiefel

Immer Gummistiefel. Die trägt sie durch die ganze Welt oder die tragen sie durch die ganze Welt. Und bei ihr sieht's noch nicht mal blöd aus. Und wenn sie 'nen Rock dazuträgt sogar richtig sexy.

Lucy war gar nicht lange hier, die letzten beiden Jahre vorm Abi. Dann ein Jahr gar nicht. Jetzt kommt sie einmal pro Jahr. Zu mir. Und bleibt ein oder zwei Wochen. Dann bringt sie alles durcheinander. In ein oder zwei Wochen. Und es dauert fast ein halbes Jahr, bis alles wieder ist, wie es gehört.

Währenddessen ist sie unterwegs und fehlt mir. Solange bis ich froh bin, dass sie wegbleibt und ich mich mit allem anfreunde, was ohne Lucy geschehen kann. Dann kommt sie wieder.

Ich weiß noch, es war der Tag, an dem ich sie mit Fingern essen sah. Da mag sie schon bald ein halbes Jahr mit ihren Gummistiefeln durch unsere Flure gelatscht sein. Da hatte ich mich wohl schon an ihre immermüden Augen und ihre immerwachen Mundwinkel gewöhnt.

Irgendwann war sie einfach da. Keiner stellte sie vor und keinem stellte sie sich vor. Sie war da, das reichte, mit ihrer Schnute und den Augen und den Mundwinkeln, die immer einen Zweifel ließen.

Als sie das erste Mal ihren Namen sagte, weil das Klassenbuch vervollständigt werden sollte, ich weiß noch: da hat sie geschmunzelt und laut und fest »Lucy« gesagt. Das konnte sie. Und plötzlich war es still im Raum, alles Schreiben, Rascheln, Flüstern wie eingefroren. Woher sie komme. Wir waren sicher: mindestens Bremen oder Hamburg oder

Berlin. Wahrscheinlich Berlin. Es dauerte ein halbes Jahr, bis einer danach fragte. Und alles war wieder wie eingefroren und Lucy sagte »Bremerhaven«. Und es war nicht zu fassen. Für niemanden. Dass eine wie sie keine dreißig Kilometer von uns aufgewachsen sein soll. Dass sie dieselben Sommer gehabt und die gleichen Winde ins Gesicht gepustet bekommen hat. Eine wie sie, die sich nichts sagen ließ.

Sie stopfte sich einfach ihren Mund voll. Sowas von genüsslich, so hin und weg, so weltenfern und selbstverständlich. Ihre Mundwinkel suchten das Weite. »Essen«, sagte sie laut und fest und schmunzelte. Wir saßen da und staunten. »Ich habe Geburtstag«, sagte sie weiter, »also essen wir«. Und natürlich aßen alle. Einige wollten den Kopf schütteln, darüber, dass Lucy einfach auf jeden Platz ein großes Stück Kuchen gelegt hatte und nun alle aßen wie befohlen und sie nicht aufhörte zu schmunzeln. Einige wussten nicht, worüber und ob nicht vielleicht über sie. Ich musste lachen. Und Lucy lächelte zurück. Mich an. Ich weiß noch, es war der Tag, an dem ich sie mit Fingern essen sah.

An Lucy habe ich die Dinge, von denen man immer redet, schließlich verstanden. Mit Fingern essen. Ja, das tun auch andere, aber bei ihr habe ich verstanden, worum es geht: um das Gefühl, ums Sich-Nicht-Hinhalten-Lassen, um einfach machen, um Kuchen in den Fingern kneten und mehr fühlen als alle, die mit Gabeln essen.

Für Lucy bräuchte man mehr als zwei Augen, die auch noch in dieselbe Richtung starren. Das hab ich nicht nur einmal gedacht. Es liegt daran, vielleicht, dass sie wie aus wundervollen Einzelteilen ist. Zusammengezaubert oder so. Der watschelige Gang, die Riesenschnute und der Geruch ihrer Haare. Die wackelnde Nasenspitze. Dass sie immer vorläuft und gegen den Wind redet, die zu kleinen Ohren und die breiten Augenbrauen. Ihre Fingernägel, die aussehen wie Pfennigstücke und ihr Morgendurst nach Milch. Da braucht man schon ein paar Augen mehr, um sie ganz zu erfassen.

Ein paar Tage später dann stand ich nach der Stunde auf und packte meine Sachen gar nicht erst zusammen, sondern ging gleich zu ihr rüber. Sonst wär sie schon längst weg gewesen. Sie sitzt ja immer auf gepackten Sachen und hält's nirgendwo lang aus.

Dass ich mich gern mit ihr treffen würde, habe ich gesagt, und es war die Wahrheit. Ich hatte keine Idee, was ich mit ihr anfangen sollte. Was macht man mit so einer. Treffen wollte ich mich mit ihr, Zeit verbringen oder so. Und sie zuckte die Schultern und sagte »okay«. Dann gingen wir los.

Ich wüsste gern, wo ihre ständigen Ideen herkommen. Lange habe ich vermutet, aus ihrem Kopf, irgendwo in der Mitte zwischen ihren Ohren oder vielleicht ein kleines Stückchen darüber, ungefähr hinter den Augen. Aber dann irgendwann hab ich gedacht: Das ist doch Unsinn. Warum grad der Kopf, das würde nicht zu ihr passen. Warum nicht die Kniekehle oder der Hüftspeck oder die Stelle zwischen Daumen und Zeigefinger, die keinen Namen hat. Irgendein Ort jedenfalls, auf den man eben nicht sofort kommt. Irgendwo da, wo sonst keiner Ideen her hat und irgendwo, wo es kein Aufsehen erregt.

Warum sie Gummistiefel trägt, wollte ich wissen. »Praktisch«, hat sie gesagt. Da muss man morgens nicht nachdenken, was es für einen Tag geben könnte, wenn man eh mit Gummistiefeln losläuft und einem also nichts passieren kann. Stimmt, hab ich gedacht, mit Gummistiefeln ist irgendwie alles machbar. Wenn man will sogar Heiraten. Man muss sich ja nur trauen.

»Piefich«, hat sie gesagt. Und dann habe ich es mit ihr gesagt: »piefich«. Piefich fanden wir es hier und wollten immer weg. Und sie ist dann gegangen. Sobald wie möglich: Abi und los. Sie saß mit Rucksack bei der Zeugnisvergabe. Sie hat mir zugenickt und dann war sie weg.

Ich weiß, auf gepackten Sachen sitzen ist einfach nicht

mein Ding und immer unterwegs sein noch viel weniger. Und ich weiß, dass ich gar nichts von dem will, was Lucy macht und trotzdem denk ich einzwei Wochen im Jahr: piefich. Das kam auch mal aus meinem Mund. Dann fährt Lucy wieder und ich bin der einzige hier, der noch weiß, dass man alles auch anders machen könnte.

Keine Ahnung, wo sie jetzt schon überall gewesen ist. Sowas frag ich nicht und sowas reden wir nicht. Sie fragt auch nicht, was ich gemacht hab.

Sie ist dann einzwei Wochen da, wir essen Kuchen mit Fingern und sehen uns an und blinzeln uns zu. Dann laufen wir einen Tag durch die Straßen. Sie ein paar Schritte vor mir, setzt sich hier und da auf eine Mauer, reibt ein Blatt zwischen den Fingern, sieht sich um und riecht an allen Ecken. Watschelt mit ihren Gummistiefeln vor mir her. Wenn es Sommer ist im Rock und im Winter in den dicksten Hosen. Und ich frag mich, wieviel mehr ihre Gummistiefel zu erzählen wissen. Und wüsste gerne, ob es ihnen gefällt mit Lucy. Gummistiefel sind nicht dafür gedacht, in die Welt zu gehen.

Emilie

Kurz nachdem mir dieser Geschmack ein zweites Mal in die Kehle gestiegen war, diesmal von der anderen Seite her, lag er vor mir in der Kloschüssel, mein erster Sieg des Tages. Wie um ein Vakuum in mir zu füllen, hatte ich mir zwei Croissants mit soviel Butter und Schokolade wie nur möglich in den Leib gepflanzt, hatte alle Säfte und Kaffee und Wasser durcheinandergetrunken. Nur um mein hässliches Kind in der Wärme meines Magens über den kalten Flur zu geleiten und es dort keine fünf Minuten später in die Welt zurückzuspucken, in eine Kloschüssel.

Das war der erste Sieg meines Tages. Denn kniend auf dem Fußboden, die Arme auf dem mit Urin und Schamhaaren beschmierten Porzellanrand aufstützend, wurde L in meinem Rücken, auf der anderen Seite der Wand, fetter.

Drüben, in der Küche. Dort warfen sie sich kleine Ferkeleien oder Beschimpfungen zu, spielten mit ihren Füßen in den Genitalien des Gegenübers oder schwiegen sich mit einer Boshaftigkeit an, die in den Ohren stach. Wie immer. Und ich kniete hier und erbrach mir meinen Sieg, erbrach mich ein Stückchen weiter in Richtung Ziel.

Wie immer öffnete ich die Badezimmertür, kurz nachdem ich ihren Namen für mich gehört hatte, Emmi, so nannten sie mich. Zum Abschied, jeden Morgen, sonst hörte ich ihren Namen für mich nur selten.

Wenn ich zurückkam in die Küche, waren sie schon weg. Ich musste eine Stunde später aus dem Haus, stand aber nur eine halbe Stunde später auf, damit ich noch mit ihnen frühstücken konnte.

Sie wachten auf, deckten den Frühstückstisch und duschten, zogen sich an, bereiteten sich jeder auf seine Weise auf den bevorstehenden Tag vor, schminkten sich oder machten Liegestütze, taten all das in einer halben Stunde. Ihrer halben Stunde; in einem geheimen Rhythmus, der nur ihnen gehörte, den ich nicht kannte, obwohl er so perfekt und harmonisch war, so eingespielt und sicher, dass er nie versagte und alles immer rechtzeitig fertig wurde. Seit fast vier Jahren, die wir drei nun zusammen wohnten, bestand dieser Rhythmus, und nie gab es eine Änderung, eine Verzögerung, eine Verschiebung, ausgenommen Urlaube, Dienstreisen, Feiertage. Bereits in der Schule hatten L und ich uns zum gemeinsamen Wohnen entschieden. Vielmehr hatte L entschieden, aber ich war froh über ihre Entscheidung, froh, die Zukunft nicht allein bestreiten zu müssen. Ein halbes Jahr lag zwischen Schule und Beginn unserer Ausbildungen, ein halbes Jahr, das wir nicht teilten, ein halbes Jahr, das ich mit Urlaub verbrachte und L mit Männern. Von einem, Hauke, konnte sie sich dann nicht trennen und so mussten wir eine Wohnung suchen, in der auch er Platz fand.

So aßen wir Morgen für Morgen miteinander. Sie frühstückten, trugen dabei irgendwelche Kämpfe aus, die in der letzten Nacht begonnen worden waren, liebten sich über den Tisch hinweg, ihre schlecht gespielte Leidenschaft nur sporadisch zurückhaltend. Ich beobachtete und sorgte dafür, dass gegessen wurde. Ich war die, die in ihren Augenwinkeln am Rande saß. Die, wann immer sie nicht da war, das Gleichgewicht des Bildes störte, so stellte ich es mir vor. Ich saß und wohnte im toten Winkel ihrer Aufmerksamkeit. Aber das machte ich mir zu Nutze, denn dort bereitete ich meinen Auftritt vor.

Sie saßen sich gegenüber, damit sie den Kopf nicht wenden mussten. Sie saßen sich gegenüber, damit sie keine Blicke verschwendeten, damit keine Augenzeit auf mich verfiel. Sie saßen sich gegenüber, damit sich ihre Füße unter dem Tisch problemlos finden konnten.

Ich hätte am Kopfende sitzen können, doch da war, ich weiß nicht warum, kein Platz für mich. So saß ich neben L, wie kleiner, wie unwichtiger, wie Emilie. Hauke wendete seinen Kopf nicht. Dafür sorgte sie schon.

Und wenn wir uns trafen, Hauke und ich, vor oder nach dem Frühstück und sogar, wenn er mich ansprach, endlich einmal, sahen wir uns nicht an, sondern meist beschäftigt zu den Seiten und im Notfall auf die Füße. Dabei liebte ich seine grünen Augen unter den dichten schwarzen Brauen. Ich kannte sie von ihren Fotos. Es sind meine.

Meine Aufgabe war es, den Tisch abzuräumen, den sie sorgsam angerichtet hatten. So prüfte ich Morgen für Morgen die Anordnung der Dinge auf dem Tisch, diesem Ergebnis ihres geheimen Rhythmus', als könnte ich, wie bei einer Bildanalyse, an jedem achtlos dahingeworfenen Stück Gurke, jeder ausgedrückten Zigarette, den Gedanken hinter dem Pinselstrich erkennen, wenn ich nur lang genug nachdächte. Und so kam ich oft zu spät zur Arbeit, weil ich da saß, auf ihrem Platz, mit geschlossenen Augen, mich an ihre Bewegungen erinnerte und sie vorsichtig nachzeichnete. Ich erinnerte mich an seine Reaktionen, filterte und übte. Ich nahm den Rest ihrer Zigarette aus dem Aschenbecher, prüfte die Farbe ihres Lippenstiftes, betrachtete die Bissspuren ihrer Schneidezähne im Filter und sagte mir ihren Rhythmus auf: Kaffee, Zigarette und erst dann das Frühstück.

Ich hasste es, wie sie dasaß und mich lächelnd betrachtete, den schwarzen Kaffee in der einen, die Zigarette in der anderen Hand, und wie sie beides in umständlichen Gesten abwechselnd zum Mund führte, während ich, wohl ein bisschen verschämt vornübergebeugt, fraß. Hinter ihrem Lächeln, das so wohlwollend aussah, verbarg sich eine gehässige Freude über die Menge der Kalorien, die Einlass in mich fand. Aber die Freude würde ihr irgendwann im Halse stecken bleiben, denn ich gebar mein hässliches Kind keine fünf Minuten später, ehe irgendwelche Enzyme irgendwelche

Bausteine aus ihm herausspalten konnten, die *sie* mir anhängen wollte.

Hauke hingegen, da war ich mir sehr sicher, liebte sie für ihren Rhythmus. Grund genug, ihn immer und immer wieder von innen gegen meine Lider zu werfen.

In seinen Augen muss sie großartig ausgesehen haben. Eine über Jahre eingeübte Choreografie, virtuos vorgespielt, in Varianten, jeden Morgen.

»Kitti, Kitti«, sagte sie von Zeit zu Zeit, und die graue, dürre Katze streifte schnurrend um Tisch- und Stuhlbeine, bis sie vor ihr stehen blieb, hob dann den Kopf und setzte zum Sprung an, landete sanft auf ihrem Schoß und Hand und Katzenkopf fuhren in einer eingeübten Gegenbewegung eine Zeitlang aneinander, begleitet von eben diesem Schnurren, das immer lauter wurde und direkt aus Ls Kopf zu stammen schien. Diese Katze schien ein ausgelagerter Teil ihrer Seele zu sein, ein externes Ich, das ihr zu Hilfe eilte, sobald ihr Langeweile drohte, es ließ sie nie im Stich, gehorchte, als sei es gedankengesteuert. Es rundete alles an ihr ab, jede Bewegung, ließ sie geschmeidig erscheinen wie die Katze selbst, wenn sie über das Waschbecken sprang etwa, oder lautlos durch angelehnte Türen schlich.

Die Katze war ihr eine Sicherheit, mit der im Rücken sie eine Ruhe haben konnte in allem, eine Ruhe, in der ich ihr nicht nachkam. Sollte sie je in eine Verlegenheit geraten, hatte sie immer noch ihre Katze. Und sie kam so gut wie nie in eine Verlegenheit. Als gäbe es keine unbeholfenen Bewegungen, kein verlegenes Gähnen, das dann doch keins wurde und in Peinlichkeit hätte enden können, kein hilfloses Umherblicken, als wüsste sie immer, wohin mit ihren Augen, als gäbe es immer etwas zu sagen.

So hatte sie also immer etwas zu tun, strich sich Haare ins Gesicht, zwirbelte Strähnen zurecht, dann die Haare wieder aus dem Gesicht; auch die Zigarette in der Hand gab Sicherheit; eine Zigarette, damit die Hand nicht nutzlos herumhängen möge oder eben: es rettete die Katze, führte ihre Hand, zog banal alle Aufmerksamkeit auf sich, befreite von angespanntem Schweigen. Ihr Rauchen war den Anblick wert: Sie legte den Ellbogen auf der Lehne ab, verdrehte dabei den Oberkörper, so dass das T-Shirt an ihren Brüsten spannte. Die Zigarette hing lässig zwischen Zeige- und Mittelfinger, während sie über ihre Schulter blickte und tat, als schaue sie nach etwas Bestimmtem, dort, hinter ihrer Schulter, dabei justierte sie nur ihr Gesicht neu: kaschierte ihren Überbiss, indem sie die Zahnreihen aufeinander schob, schürzte die Lippen leicht, wie lüsterne Frauen in einer Coke-Light-Werbung; sie spannte die Nasenflügel, ganz leicht nur, zog sie kaum merklich Richtung Mund, gefiel sich allem Anschein nach mit Stupsnase besser. Dazu der leicht gelangweilte, teilnahmslose Blick, auch die Lider in Feinarbeit: ganz leicht gesenkt, darin irgendetwas zwischen Versprechen und Erinnerung an eine gemeinsame Nacht.

Sie verstand es, morgens, wenn die Blicke noch langsam sind, die Zeit für sich zu nutzen, und sich einzubrennen in die verschlafenen Pupillen ihrer Mitmenschen wie ein zu langes Schauen in die Sonne. Sie legte sich mit ihrer Schönheit wie eine Schablone über fremde Netzhäute, um sie zu begleiten, bereit, alle zufälligen Begegnungen, die der Tag mit sich brachte, in den Schatten zu stellen. Und ich verstand, warum Hauke ihre Show so sehr genoss: sie war für ihn und eigentlich nur für ihn. Ich war eine zufällige Zuschauerin, eine ständige zwar, aber dennoch eine zufällige, austauschbare, ja: ungewollte. Sicher, mit mehr Zuschauern im Rücken fiel es ihr leichter, das Posieren, und doch beachtete sie mich nicht. Und er noch viel weniger. Und das war meine Chance.

Ich wischte meinen Mund mit Klopapier sauber, danach die Tränen von den Wangen, trocknete die Augen. Ich stand auf, spülte den Mund aus, putzte lange meine Zähne. Sie hatte weiße Zähne.

Unter meinen Achseln bildete sich in regelmäßigen Abständen ein Geruch, der mich an früher erinnerte. Ich nahm die Sprühflasche mit ihrem Duft von dem kleinen Holzregal und verteilte ihn großzügig unter meinen Armen. Danach stellte ich ihn behutsam zurück, es gab dabei eine feste Reihenfolge: Links die Bürste mit ihren kastanienbraunen Haaren, darin, kopfüber, ein Kamm, daneben ein kleines Täschchen mit Manikürezubehör, Tuben und Sprühdosen für das Haar und ganz rechts am Rand, mit dem meisten Platz, als seien sie besonders wichtig, das Fläschchen Achselduft und ihr Parfüm daneben.

»Luise«, so lasse ich mich nennen auf der Arbeit, »Luise!«, rufen sie. »Komm, wir machen Pause.« Ich stecke den Pinsel in das Glas mit Terpentin, ich lege den Deckel locker auf den Eimer mit Farbe, ich schließe kurz die Augen. Ich überlege. Erst umdrehen und zu ihnen laufen, mich hinsetzen, nach einer Lehne suchen, den Oberkörper leicht verdrehen, dann die Zigarette und im Notfall die Haare. Gelangweilt umherblicken, ich bin Interessanteres gewohnt. Bis man mich fragt, bis man wissen will, von mir, irgendwas, man mich hören will, nicht ertragen kann, dass ich mich langweile mit ihnen, denn das wirft schlechtes Licht auf sie: So eine wie ich, sich langweilend mit ihnen, also bitten sie mich freundlich zu sich. Ich kann es mir aussuchen, ein wenig lächeln zum Beispiel oder eine Augenbraue heben, verächtlich. »Erzähl«, sagen sie, »Luise, was hast du gemacht am Wochenende.« Und ich blicke in die Runde: Jan und Claas und Sandra, die mit mir eingestellt wurde. Claas, der Vater, und Jan, der mich verschlingt mit seinen Blicken, Lehrling, der unser Geheimnis teilt, dem ich von Zeit zu Zeit einen Blick zuwerfe, um mich mit ihm zu verbünden. Es ist immer gut, Verbündete zu haben, hatte sie gesagt, einmal, und sich verraten. Was ich nicht sage: Abgenommen und geübt, fließende Bewegungen im Tanz zu ihrem Lied. Was ich sage: »Prag ist eine andere

Welt.« Was ich nicht sage: hinterher denken, folgend Schritt für Schritt, Finger auf der Landkarte und dem Stadtplan, wo und was sie gegessen haben, wie sie geschlafen und was sie geredet haben. Ich führe die Zigarette zum Mund, sie genießen die Pause, es klappt immer besser. Ihr verrauchter Duft aus meinem Mund, was ich sage: »Naja, Karlsbrücke Hand in Hand, ihr wisst schon, traumhaft, für mich ist Prag die Stadt der Liebe, nicht Paris, nicht Venedig.« Was ich nicht sage: Einmal mit Mutter München für ein Wochenende, Oma wohnt in Hildesheim, im Sommer manchmal Ostsee, einmal Dänemark, nicht Frankreich, nicht Italien. Nie Tschechien. Was ich sage: »Und ihr?« Oberkiefer auf dem Unterkiefer verziehen sich meine leicht geschürzten Lippen zu ihrem Lächeln, ich drehe eine Strähne zwischen Daumen und Zeigefinger, ich blicke um mich. »Och«, sagt Claas, »bis Prag hab ich's nicht geschafft«, er lächelt und blickt entschuldigend, »aber, na ja, hier war ja auch sehr schönes Wetter.« Jan und Sandra, vorsichtig nickend, sehen nur wenig in meine Richtung. Ich drücke die Zigarette in einer Drehbewegung aus, beuge mich dabei vor mit angespanntem Gesicht, Jan besieht meine Brust, das ist mein Geschenk, das ihn an mich bindet, ich blicke ihn wimpernschlaglang an, mein Mundwinkel zuckt: war es ein Lächeln oder ein Versehen. Ich stehe auf, mein Hohlkreuz lässt den Stoff an meinem Hintern sich spannen, ich fühle es, wie seinen Blick.

Darunter war sie grün, die Wand, und das Grün kommt immer wieder durch, schon der dritte Anstrich. Man sollte das Haus tapezieren, von außen, so stark ist das Grün nicht, dass es auch eine Tapete noch durchdringen könnte, wie jetzt die dritte Schicht des Weiß. Samtmint, ein After-Eight-Kuss. Fassaden kann man nicht tapezieren, nur mühsam die einzelnen Schichten Farbe auftragen, immer in der Hoffnung, dass diese die letzte sein wird, kein alter Farbschimmer sich durch den neuen Anstrich beißt und seine hässliche, verwitterte Vergangenheit verrät.

Sie sitzen immer noch unten, sehen mir zu, wie ich auf das Gerüst steige, in geübten Bewegungen, die nicht ihre sind. Hier ist mein Gebiet. Wie ich den Farbtopf öffne, den Pinsel abstreife, eintauche, abstreife; wie ich die Farbe gleichmäßig auf die vorherige Schicht auftrage in überschaubaren Flächen, um bei so viel Weiß den Überblick nicht zu verlieren; wie ich auf und ab streiche, um die Farbe besser zu verteilen, um Nasen zu vermeiden. Ich hoffe, es ist die letzte Schicht.

»Kitti sieht nicht gut aus«, sagt L, kaum dass sie wieder in der Wohnung ist. Es ist ein Vorwurf. Natürlich sieht Kitti nicht gut aus. Sie hat kein Essen bekommen am Wochenende. »Sie hat nichts essen wollen«, sage ich, »vielleicht solltest du sie mal zum Tierarzt bringen.«

Sie haben mir ein kleines Bildchen von der Karlsbrücke mitgebracht, halb so groß wie eine Postkarte vielleicht, hinter dünnem Glas, es ist auf der Reise schon zweimal gebrochen. Der Rahmen, schwarzes Isolierband, hält es mit letzter Kraft zusammen. Ein schönes Foto, Sepia, Prag im Nebel, als wäre ich nicht dabei gewesen.

Drei Tage Prag. Für mich: Zwei Nächte in ihrem Bett, ihr Morgenkleid auf meiner Haut, Pullover, T-Shirts, Oberteile, Hosen, ihre zweite Haut passt auch mir. Ich habe viel gelernt, während sie turtelten, sich stritten, gelangweilt durch die viel zu schöne Altstadt schritten, ein Pärchen eben, das schon viel zu lang zusammen ist, weniger aus Liebe als aus Obsession. Ich dachte sie mir fickend in ihrem Doppelbett im Zweierzimmer einer immer noch recht billigen Prager Pension, die Matratze weich, Schaumstoff vermutlich, nicht auf einem Rost, sondern auf einem nachgebenden Metallnetz, seine kräftigen Stöße federten allzu sehr nach, da war ich sicher. Ein weißer Vorhang vor dem Fenster zum Hinterhof, vielleicht eine Plastikblume, bräunliche Gardinen, zu jeder Seite ein Nachttisch mit Lampe, ein Kleiderschrank. Ein

Schlafzimmer wie zu Hause, in dem ich mich etwa zur selben Zeit räkelte; nur einfacher, hässlicher, ärmlicher.

Ich hatte den großen Spiegel aus dem Flur geholt, er stand vor mir, während ich L übte: Meine Zunge strich von der linken Seite meiner Oberlippe zur rechten, ich kniete mit Hohlkreuz in der Mitte des Bettes, die Ellbogen stützte ich langsam auf der Matratze ab, mein Po streckte sich in ihrem Tanga dem Spiegel entgegen. Ich ließ mich zur Seite rollen, übte es mit gespreizten, angewinkelten Schenkeln, stellte mir Hauke dazwischen vor, seine Brust, sein Kopf über mir. Geschmeidige Bewegungen, ob tanzen oder ficken, sie war geschmeidig und ich wurde es. Auf dem Rücken: wie dicht bekomme ich meine Schenkel an den Oberkörper. Auf dem Bauch: ein Bein lang, das andere wie eine Echse zur Seite gewinkelt, er auf mir, seine Krallen in meinem Fleisch.

Sie hatte einmal zu mir gesagt: »Man darf ihn nicht einfach machen lassen, er mag es von hinten, aber das darf man sich nicht gefallen lassen, verstehst du, Emmi, ein Mann nimmt sich, was er bekommen kann, man muss fordern und sich ebenfalls nehmen, man muss ihn überraschen, sonst benutzt er einen. Manchmal, ja manchmal, lass ihn sich nehmen und gib ihm, was er will, aber lass dich nicht benutzen, verstehst du.« Ich dankte ihr für ihren Ratschlag, manchmal plauderte sie, wenn sie meinte, wir müssten uns nahe sein, nicht nur räumlich.

Ich übte das Tanzen in ihren Kleidern, ich legte ihre Musik auf, erinnerte mich mit geschlossenen Augen an die eingespeicherten Bewegungen, die sie mir gerne zeigte in Discos oder auf Partys, mit einem Lächeln im Gesicht. Sie schleppte mich gerne mit, tat, als würde sie mir einen Gefallen tun, »nun komm schon«, sagte sie dann, »heute machen wir was los.« Wenn ich dann die Nase rümpfte, pflegte sie mich in den Arm zu nehmen, von der Seite, einarmig, ihre Nase zeigte dann auf meine Wange, ich sah sie nicht an, sie schüttelte mich ein wenig, gerade so, dass mein Kopf hin und her wippte, »wir zwei«, sagte sie dann, »nun sei kein Spielverderber«, und ich fühlte mich unweigerlich wie eine kleine Schwester, die aus Gnade mitgenommen werden soll. »Wie früher«, heuchelte sie. Als ob es früher anders gewesen wäre. Es ging um sie, um was sonst. Sie konnte schlecht allein losgehen. Um befreit zu tanzen, brauchte sie jemanden, der ihr nicht die Show stahl, der sie beobachtete, den sie zwischen den Liedern anlächeln konnte, der, erst einmal auf die Tanzfläche gezerrt, tapfer durchhielt, halbherzig die eigenen Gliedmaßen zu fremden Takten bewegend ihre Kür durch die eigene Unzulänglichkeit betonte.

Danach ging es besser. Eine Samstagnacht hielt für gewöhnlich bis zum kommenden Donnerstag, so lange erinnerte sie sich, so lange war sie gewillt, sich mir dankbar zu zeigen für meine Unterstützung, so lange teilten wir ihre gemeinsame Geschichte. So lange band sie mich in den Rest ihres Lebens ein. Sie bezahlte mich mit Aufmerksamkeit. Zum Wochenende wurde es glücklicherweise wieder normal, ich durfte wieder die mir angestammte Rolle übernehmen, dabei zu sein nämlich, anwesend vielmehr.

Inzwischen verstand ich ihre Bewegungen, kopierte nicht blindlings, erkannte ein Muster dahinter, das sich anwenden ließ auch auf unbekannte Lieder, zumindest solange sie nicht aus einem völlig fremden Milieu kamen.

Die Beinarbeit, stellte ich fest, bereitete mir noch die meisten Schwierigkeiten, aber ich freute mich über meine Fortschritte. In ihrer Verkleidung, spürte ich, war anderes möglich, in meinen schlichten Kleidern sahen ihre Bewegungen unbeholfen aus, anmaßend und unpassend. Ich hatte nicht gewusst, dass Bewegungen mit der Verkleidung abgestimmt sein wollen. Jetzt leuchtete es mir ein.

Wie ich so dastand, die Hände um meinen Kopf kreisen ließ, zum ersten Mal Gefallen fand am Tanz, den ich bisher als Nagelprobe erlebt hatte, als heikle Selbstinszenierung, verbunden mit Konzentration, sicher, aber nie mit Lust, schlich Kitti herein, streifte an der weißen Wand entlang, mit Katzenbuckel und erhobenem Schwanz und ich geriet ins Stocken. Kein Wunder: Publikum. Ich musste mich schnell entscheiden: sollte ich froh sein über diesen abgemilderten Test, ein erstes Publikum, dessen Urteil mir egal sein konnte, oder sollte ich sie fortjagen und für mich sein. Ich entschied, vor ihr zu tanzen, drehte mich im Kreis, setzte die Füße sachte und bedacht, ihre Augen im Blick, unsicher, ob sie überhaupt imstande war, zu begreifen, was ich tat. Ich durchschnitt mit meinen Händen die Luft und gewann an Sicherheit, bis sie sich niederließ und mich betrachtete. Ihre Augen ruhten auf mir und ich fragte mich: was will diese Katze von mir. Eine Katze guckt keinem tanzenden Menschen zu, so etwas tun Katzen einfach nicht. Und ihre Augen kamen mir bekannt vor, es war, als würde die Katze fremde Augen spazieren tragen, um mich zu fragen: was tust du in diesem Schlafzimmer, in dem du nichts zu suchen hast, in Ls Unterwäsche, ihren Kleidern, warum schüttelst du deinen Körper in ihren Bewegungen.

Die Katze saß da und betrachtete mich und mein runder Tanz wurde eckiger, Kittis Blick zerteilte ihn, ich geriet ins Stocken, sie wendete den Blick nicht ab, Ls Blick. Ich sagte mir: sie kann es niemals irgendwem berichten, und doch, dachte ich, trug sie Ls Augen. Was, wenn L in ihr saß und mich so sah.

Die Musik lief weiter, meine Beine wollten ihr folgen, doch Ls Augen in diesem Katzenkopf lähmten mich, hielten mich fest, ich konnte mich nicht weiter bewegen. Ich musste mich hinknien. Ich fauchte Kitti an, sie starrte stumm zurück, ich fauchte und hatte Angst, sie würde gleich laut loslachen, mit ihrem schrillen, verächtlichen Lachen. Ich zitterte und Kitti besah mich, als speicherte sie meine peinliche Vorführung minutiös.

Ohne darüber nachgedacht zu haben, keine Sekunde lang,

schlug meine Hand in ihren Nacken, drückte sie zu Boden und riss die überschüssige Haut in ihrem Nacken zusammen, Kitti zeigte Zähne. Ich zitterte, aus Angst, Ls Stimme würde mich im nächsten Moment zurechtweisen. Ich riss Kitti in die Höhe, sie fauchte nicht, zeigte stumm ihr prächtiges Gebiss, vermutlich nur, weil ich ihr die Haut für ein verächtliches Katzengesicht raubte und im Nacken sammelte.

Wohin mit der Katze. Ich riss die oberste Schublade der Kommode mit Haukes Hemden auf und stopfte sie mit der Rechten hinein, wie einen Schlafsack in den immer zu kleinen Beutel, und drückte sie mit der Linken wieder zu.

Ich drehte die Musik lauter, um Kittis dumpfes Schreien nicht zu hören, doch die Lautstärke half nichts, es war einmal in mein Ohr gedrungen und es wollte nicht mehr verschwinden. Tanzen konnte ich nicht, zu Katzengewimmer aus der Kommode kann man nicht tanzen. Ich wollte die Schublade nie wieder öffnen. Nie wieder. Denn wie sollten wir uns danach benehmen, die Katze und ich? Wie sollte es danach weitergehen?

Ich beschloss, fernzusehen. Irgendeinen Film und vielleicht in einer Werbepause die Schublade im Vorbeigehen ein wenig öffnen. Sollte sie sich selbst befreien, ich wollte nicht mit ansehen, wie sie aus der Schublade stieg, fauchend oder mit erhobenem Kopf, womöglich ein Siegerlächeln über die Katzenfratze gestreckt. Und so tat ich es: Setzte mich vor den Fernseher, achtete dabei darauf, den Ellbogen aufzustützen und mein T-Shirt sich spannen zu lassen, keine Unachtsamkeiten, mein größter Feind bin ich selbst, ging dann in der Werbepause in die Küche, schnitt dicke Stücke französischer Salami und deutscher Fleischwurst in eine Schale, nahm reichlich Remoulade-Eiersalat, Schokolade und Pudding für den Nachtisch, fand noch Gummibärchen, stellte alles auf ein Tablett, das ich auf der Rechten balancierte und riss die Schublade im Vorbeigehen mit der linken ein Stück aus der Kommode. Sie würde kämpfen müssen, viel Platz hatte ich ihr nicht gegeben. Mit großen Schritten eilte ich in mein Zimmer und schmiss die Tür ins Schloss. Mein Herz ging schnell, so schnell wie nach Horrorfilmen, früher, nach denen man immer noch einmal auf Klo musste und sich nicht traute, sich umzublicken und doch verfolgt wurde, höchstwahrscheinlich.

Ich war froh, dass diese Katze keine Türen öffnen konnte, und behielt sie doch im Auge. Ich verschlang die Wurst, den Eiersalat, Pudding und Schokolade ohne nachzudenken, dann, bei den Gummibärchen angelangt, bekam ich es mit der Angst zu tun, wäre ich gleich fertig, sagte ich mir, wäre ich gezwungen, die Tür zu öffnen und aufs Klo zu gehen. Ich sparte sie mir noch eine Weile auf, dann fühlte ich, wie mein gieriger Magen sich auf das zukünftige Fett zu stürzen begann, es zersetzen und für den Abtransport unter die Haut bereit machen wollte. Ich musste los, sonst war alles umsonst. Ich stopfte drei Hände Gummibärchen in meinen Mund, zerkaute sie grob, so würde ich Zeit gewinnen, kein Magen der Welt kann in so kurzer Zeit halbe Gummibärchen in einen fetten Arsch verwandeln, und wenn er es noch so schlecht mit einem meint.

Ich legte die Hand auf die Klinke. Ich fürchtete, Kitti wäre nicht mehr allein, L würde an ihrer Seite stehen. Ich öffnete langsam die Tür, sicher, gleich würde es ein Gewitter geben. Ich riss die Tür auf, sah von Kitti nur noch den Rest einer angstvollen Bewegung, sie sprang in die Küche. Ich hatte gewonnen. Hoffentlich.

Mein Magen klammerte sich fest an der Masse, die ich ihm zur Anschauung vorgeworfen hatte, wollte nicht loslassen, arbeitete gegen meine Liebe, wollte offensichtlich auf ewig mit mir allein bleiben, ohne Hauke. Zwei Finger tief im Rachen, schob ich den Verschlussdeckel der Speiseröhre ungeduldig hin und her, drückte meinen Bauch, so langsam wurde die Zeit knapp. Im Notfall hilft Milch, ein Liter etwa oder Butter in großen Stücken. Aber das würde bedeuten, in die Küche zu gehen. Und dort wartete Kitti mit ihrem vorwurfsvollen Blick, den sie sich von L abgeschaut haben musste. Also nahm ich meine Zahnbürste und schob mir den Griff tief in die Speiseröhre. Als es aus mir herausfloss, dachte ich: es ist komisch, sich von innen her zu modellieren. Es wäre so viel einfacher, ein Speckstein zu sein, der nicht mühsam und mit zeitlicher Verzögerung von innen her gestaltet werden will, sondern von außen einfach mit Feile und Säge zu bearbeiten ist.

Ich spülte den Mund, bürstete meine Zähne mit ihrer Creme, ihrem Geruch. Sie hatte weiße Zähne. Ich nahm ihr Parfum und ihren Achselduft, wie um die Katze in der Küche gnädig zu stimmen. Da kam mir eine Idee: ich öffnete vorsichtig die Tür, schlich mich wieder in ihr Schlafzimmer und zog mir ihre Kleider an: ihre Unterwäsche, einen leichten, schwarzen Rock mit großen Blütenblättern darauf, einen schwarzen Wollpullover mit hohem Kragen, ärmellos, ein rotes Kopftuch.

Ich roch wie sie, ich bewegte mich wie sie, ich trug ihre Kleider, meine Figur war besser als ihre, inzwischen. Es wurde Zeit für Kitti, dass sie es einsah.

Meine Schritte in Richtung Küche waren sicherer, ich trug ihren wohlgewählten Panzer, nicht weiter meine willkürlich gegriffenen Kleider, die mich versteckt hielten und nicht zeigten.

Kitti sah es nicht ein. Als ich mit angehaltenem Atem vorsichtig um die Ecke zur Küche bog, hörte ich ein Fauchen, die graue Katze zischte durch meine Beine, ich erschrak und hielt einen Schrei mit meiner Linken in meinem Mund fest.

Sie wollte einfach keine Einsicht zeigen. Sie benahm sich wie ein kleines Kind, beharrte darauf, Recht zu haben, ohne den veränderten Umständen Rechnung zu tragen.

So bekam Kitti kein Essen mehr, zumindest, so lange L und Hauke noch in Prag sein sollten. Ich öffnete das kleine

Küchenfenster zum Hinterhof und schleuderte die kleinen Trockenfuttersternchen und das gelierte Fleisch mit einem Löffel über den Zaun des nächsten Mietshauses. Ihren Wassertopf ließ ich stehen, er war nicht einmal halbvoll. Sollte die Katze lernen, einzuteilen.

Mit lauten, donnernden Schritten setzte ich wieder zum Bad über. Die Katze hatte sich irgendwo verkrochen, ich stellte mir ihr Zittern vor bei jedem Aufschlagen von Ls hohen Hackenschuhen, ein Geräusch, zu dessen Takt Kitti früher feine Tänze durch Menschenbeine, über Regale und Stühle hinweg aufgeführt hatte, diese Schuhe waren einmal ihre Freunde gewesen. Jetzt staksten sie feindlich durch eine Wohnung, die auch einmal die ihre gewesen sein musste.

Aus der Kommode im Flur nahm ich die lange gesammelten leeren Fotodöschen, Plastik- und Glasfläschen hastig zwischen die Hände und warf sie ins Waschbecken im Bad. Ich schloss die Tür, die Katze sollte nicht auch nur ahnen, was ich vorhatte. Ich öffnete ein jedes Behältnis, spülte es noch einmal aus und trocknete es ab. Dann drehte ich alle Verschlüsse von Ls kleinen Geruchsfläschen, markierte die Füllstände mit einem wasserlöslichen Stift und füllte jeweils die Hälfte ihrer Gerüche in meine Behältnisse ab, die ich sorgsam verschloss und in einem Schuhkarton unter meinem Bett aufbewahrte. Als alles verstaut war, füllte ich ihre Gerüche neu auf, mit Wasser, ihr Duft wurde dünner, fahler, er verflog innerhalb kurzer Zeit, und einem winzigen Schuss Essig, der einen kaum merklichen, säuerlichen Stich in der Nase hinterließ. Sie würde riechen wie ein Hauch von sich selbst, wie ihre eigene Kopie, deren schlechtes Gewissen sich säuerlich durch ihren billigen Geruch beißt, von innen.

Ich verschloss alle Fläschen mit einem Lächeln und wischte die Markierungen von ihren Hälsen. Ich riss die Haare aus ihrem Kamm und ihrer Bürste, verstaute sie in einem weiteren Fotodöschen, bürstete dann meine eigenen

Haare, die vom Bräunlichen in ein Hennarot übergingen.

Ich beschloss, in die Stadt zu gehen, es gab noch einiges zu erledigen. Die Katze hatte ich ins Schlafzimmer getrieben und sie dort eingeschlossen. Dort sollte sie bleiben, bis L und Hauke zurückkamen, dort sollte sie pinkeln und scheißen und kotzen von mir aus, in das Schlafzimmer ihrer einzigen Verbündeten, oder es nicht tun und verrecken an den eigenen Exkrementen, wenn das überhaupt möglich ist.

In der üblichen Verkleidung verließ ich die Wohnung und lief in die Stadt. Das Gehen auf Ls Schuhen fiel mir anfangs schwer, doch ich merkte, wie schnell mein Körper sich an Ls Bewegungen erinnerte und meine eigenen runder und geschmeidiger wurden. Zuweilen musste ich eine Zigarette zu Hilfe nehmen und hier und da Strähnen ins Gesicht und anschließend wieder hinaus zwirbeln, doch alles in allem gefiel ich mir sehr gut.

Ich ging in einen Supermarkt und kaufte Waschmittel und Bleiche und als ich zahlen wollte, bemerkte ich, dass ein junger Mann mir von draußen zusah, wie ich mein Geld aus dem Portemonnaie holte und die Münzen langsam in die leere Hand der Kassiererin fallen ließ. Es war Jan, und er grinste breit, als ich aus dem Supermarkt kam und an ihm vorbeilief, als hätte ich ihn nicht gesehen. Er kam hinterher und fragte mich, was ich vorhätte. Ich blieb stehen, sah einen Moment in die Sonne, ich überlegte kurz und nahm ihn an der Hand, sagte kein einziges Wort, lächelte ihn den ganzen Weg über nur zweimal an, um ihn aufzumuntern, damit er nicht ängstlich wurde und er, der anfänglich noch nicht hatte aufhören wollen zu fragen, hatte allmählich begriffen, beendete die Fragerei und folgte mir stumm und mit gesenktem Blick, wie ein kleines Kind an meiner Hand. Ich stieß ihn die Treppe hinauf, stieß ihn gegen meine Tür und schubste ihn in die Wohnung. Ich sah ihn nicht an und redete kein Wort, ich stieß ihn einfach weiter ins Schlafzimmer, schloss die Tür wieder, damit die Katze nicht verschwinden konnte, sondern alles mit ihren gestohlenen Augen mitansehen musste, ich setzte ihn aufs Bett und machte Musik an, führte ihm wortlos ihren Tanz zu ihrer Musik vor, zwischen den Liedern zog ich mich langsam aus, bis ich schließlich aufs Bett kroch zu ihm, mit Hohlkreuz und mich über die Seite rollte. Jetzt war es meine Choreographie, nicht länger ihre, meine war runder, schöner. Jan zweifelte nicht einen Moment daran, dass jede Bewegung, jeder Blick, jeder Hauch meines Atems in sein Ohr, an seinem Hals entlang, dass die Bewegungen meiner Finger auf seinem Bein oder meine Küsse auch tatsächlich die meinen waren. Er ahnte nicht, dass sie geliehen waren. Auf Lebenszeit nun, dass sie abgeguckt und perfektioniert waren. Dass ich das gestohlene Fahrrad aufpoliert hatte, die alten verwaschenen Farben aufgefrischt hatte und es mit all diesen Mühen wie selbstverständlich in meinen Besitz übergegangen war.

Blick auf die Katze, probten wir, wie nah Hauke mir sein würde, wie ich Hauke näher kommen konnte, wie dicht ich meine Schenkel an meinen Oberkörper heranbekommen würde, wie ich ihn zu nehmen haben würde.

Später sagte ich: »Nun sind wir Verbündete, Jan, verstehst du«, und sah wieder auf die Katze, die verstört unter einem Rattansessel am Fenster saß und sich nicht rührte. »Ich war dieses Wochenende in Prag, verstehst du«, ich lächelte und sah ihn zum ersten Mal an, Jan, mit dem roten Kopf, der nicht verstehen konnte, was mit ihm geschehen war. Er nickte, ich nickte, wir lächelten. »Jetzt zieh dich an und geh und sag kein Wort, hörst du.« Jan sagte kein Wort, riss hastig seine Sachen an sich und stürzte aus der Wohnung.

Ich nahm das Waschmittel aus der Tüte, versteckte es unter meinem Bett, danach nahm ich die Bleiche, kippte sie in ihr Waschmittel und mischte die beiden Zutaten lange. Sie würde ausbleichen, langsam ihre Farbe verlieren, wie ihren Duft. Und ihre verstörte kleine Freundin, Kitti, schlich nicht mehr mutig und graziös durch ihre Wohnung, sondern ängstlich, kränklich, wie durch feindliches Gebiet. Sie hatte es eben nicht einsehen wollen.

»Wieso ist da kein Essen in ihrer Schüssel, wenn sie nichts isst?«, fragt L. »Was soll das heißen?«, frage ich, »meinst du, ich will deiner Katze was? Ich habe gesagt, sie wollte nichts fressen.« – »Ja, aber wie willst du das wissen, wenn nichts in ihrer Schüssel ist – ich meine: da kann sie ja nichts essen.« – »Ich hab es weggeschmissen, weil es angefangen hat zu stinken«, sage ich, »sie hat es ja nicht angerührt.« L blickt mich lange an, überlegt, ich kämpfe mit einem leichten Grinsen. Sie sagt: »Und du hast ihr nichts Neues zu fressen gegeben.« »Was willst du von mir«, frage ich, »es reicht«, und drehe mich um. »Bring sie zum Tierarzt«, sage ich im Weggehen.

In meinem Zimmer sitzend höre ich, wie Hauke kommen und sie trösten muss in der Küche, ich höre ihr Schluchzen und nur den Klang ihrer Stimme, keine Worte, vorwurfsvoll.

Ich gehe noch einmal in die Küche: »Sie trinkt kaum noch, außerdem war das Katzenklo sauber, als ich es neu streuen wollte«, sage ich und streiche mir Strähnen aus dem Gesicht. Sie blicken mich aus großen Augen an. »Ist nicht meine Schuld. Vielleicht solltet ihr nicht wegfahren, wenn eure sensible Katze es nicht ohne euch aushält.« Ich drehe mich um und nehme mit Hohlkreuz eine Buttermilch aus dem Kühlschrank. Ich fühle seinen Blick. Soll sie jammern. Sie macht es mir nur leichter.

Und ich zähle rückwärts wieder aus mir heraus, was ich eben noch in mich hineingeschoben habe, zuletzt und nun zuerst das Wasser, das sich bald mischt mit der oberen Schicht des Marzipans, das ich zuletzt gegessen habe, davor und nun danach kommt paniertes, gebratenes Knoblauch-Ei mit Remoulade, zum Schluss noch ein Rest Trockenpflaume, zu erahnen unter meiner Magensäure. Dass jeder Geschmack so eine hässliche Rückseite hat, denke ich, finde es aber gerecht, gute Gefühle gibt es auch nur im Tausch gegen schlechte, ungerecht ist nur, dass man die Reihenfolge nie bestimmen kann, ich würde es vorziehen, erst die Rückseite auf mich zu nehmen, erst das schlechte Gefühl.

Sie ruft ihren Namen für mich. Ich antworte »ja«, sie sagt ich solle kommen, ganz schnell, ich antworte, »ja, gleich«. Mund abwischen, spülen, Zähne putzen. Sie hat weiße Zähne.

Was denn sei, frage ich. »Nichts«, sagt sie, die Lippen gespitzt, sitzt aufrecht am Tisch und tippelt mit Zeige- und Mittelfinger einen einfallslosen Takt auf dem Tisch. »Und für nichts sollte ich so schnell kommen?«, frage ich gereizt, wische noch einmal über meinen Mund, stelle mir dabei vor, wie sie in ein paar Tagen oder Wochen verdünnt vor mir sitzen wird und meine Pracht zu bewundern hat. Wie es sich anfühlen wird für sie. »Nichts, meint der Tierarzt«, sagt L, »nichts fehlt ihr, nur was essen müsste sie mal wieder.« – »Dann gib ihr was«, sage ich und gehe in mein Zimmer.

Sie gibt ihr was, das weiß ich und die Katze wird mich auslachen, bald, wenn ich wieder schleiche, wie sie geschlichen ist, und sie wieder tänzelt, wie ich getänzelt bin, als wir noch zu zweit waren. Aber sie freut sich zu früh. Essig auch für die Katze und Salz. Soll sie fressen und nicht trinken.

Am nächsten Morgen, nach dem Frühstück salze ich ihren Fressnapf großzügig und rühre lange, dazu ein Spritzer Essig ins Katzenwasser. Katzen haben feine Nasen.

Beim Frühstück wird geschwiegen, Kitti kommt nicht mehr in die Küche. Nicht, wenn auch ich hier bin. Sie haben sich gestritten, gestern Nacht noch, ich habe es gehört. Nun wird geschwiegen. Der Anfang ist gemacht.

Ich sitze nicht mehr vorn übergebeugt und schaufele, ich sitze gerade, in meiner Duftwolke, und kaue langsam, Zahnreihe auf Zahnreihe. Ls Mund, mir gegenüber, saugt sich an ihrer Zigarette fest, er hat Falten bekommen, so spitz ist er seit Tagen, ihr Geruch ist dünner, ich weiß es. Ob sie es schon riechen? Die Katze wird es riechen, die veränderten Verhältnisse, und muss verwirrt sein: Der Feind riecht wie der Freund, der Freund riecht, als wäre sein Haltbarkeitsdatum überschritten, als wäre ein Loch in seinem Geruch, aus dem er ständig die alte Kraft verliert und auch das Wasser riecht feindlich, das Essen schmeckt seltsam, brennt im Magen und schreit nach dem feindlichen Wasser.

In Ls Rücken vibriert leise der Wasserkocher auf dem Deckel der Waschmaschine, die im Schleudergang ist. Unmerklich bleichen die Farben aus ihren Kleidern, ich sitze hier und sie verfärbt sich selber, ich brauche nichts dafür zu tun, nur warten. Warten, bis Hauke die Farbverschiebung im Frühstücksgemälde entdeckt, bis er die Nüstern bläht und die Nasenspitze in meine Richtung hält und tiefer einatmet als auf ihrer Seite, bis er im Schaulaufen um seine Gunst keine Unterschiede mehr feststellt zwischen L und mir, bis sich Unsicherheiten bei ihr einschleichen, weil Kitti nicht mehr kommen kann.

Leise erobere ich seinen Blick, er wird mich entdecken, neu entdecken, betrachten zum ersten Mal und erstaunt sein. Ich bin vorbereitet. Er wird sich wundern, was ihn so lange bei ihr hielt, wo sein Glück doch lange schon ihm gegenüber saß: ich.

Der letzte Anstrich deckt, wir überprüfen ein letztes Mal die Fassade im Morgenlicht und beschließen, das Gerüst nun abzubauen. Keinen Blick für Jan, flüchtige bestenfalls für die anderen. Er möchte wissen, was das war, was dort mit ihm geschehen ist, ich löse ein paar Schrauben, bevor ich antworte, noch immer ohne ihm einen Blick zu schenken, »du solltest gemerkt haben, was dort geschehen ist«, sage ich. »Und«, möchte er gerne wissen, »wie geht es denn weiter, mit uns«, stottert er hinterher. »Wieso zum Beispiel siehst du mich nie an, Luise.« Wir nehmen zwei Metallplatten zwischen uns, tragen sie zum Lader. Die Platten zwischen uns, sehe ich ihm nun endlich in die Augen, »wenn es überhaupt irgendwie – irgendwie – weitergehen soll, musst du mit dem Fragen aufhören und mit dem Reden.«

Die Platten krachen auf den Boden, ich ziehe an ihm vorbei. Wir bauen das Gerüst ab, dann ist Pause.

Kitti, vielleicht vom Geruch fälschlicherweise angezogen, wartet hinter der Tür und springt eilig beiseite, als ich den Schlüssel zweimal gedreht habe und die Tür aufdrücke. Ihre Bewegungen wirken mühsam. Wassermangel. Wie lange kann eine Katze ohne Wasser auskommen?

In der Küche weint L. Ich nehme eine Buttermilch aus dem Kühlschrank und will wieder gehen. »Wir haben uns gestritten«, kommt es aus ihrem spitzen Mund. »Aha«, sage ich und gehe. »Aha, ist das alles, du bist meine Freundin, Emilie.« – »Aha«, sage ich noch einmal. »Willst du mich jetzt auch allein lassen? Haben denn alle beschlossen, mich allein zu lassen?«

In meinem Zimmer ist es kühl, angenehm kühl. Ich greife unter das Bett, nehme ihre Düfte in die Hand, trage sie auf meine Haut auf, halte probeweise ihr Haar gegen meins. Ich verstaue alles wieder unter dem Bett, dann gehe ich zurück in die Küche.

»Worum geht es denn«, frage ich betont beiläufig. »Was ist mit dir?«, sagt sie. »Was soll sein: erst quäle ich deine Katze und plötzlich bin ich deine beste Freundin.« – »Oh, nein, so darfst du das nicht sehen, so habe ich das nicht gemeint.«

»Was habt ihr denn gestritten?« – »Ich habe«, stottert sie, »ich habe das Gefühl, weißt du, dass, irgendwie, ich glaube, ich verliere ihn, er ist so …« – »Aha«, sage ich, »das tut mir Leid für dich.« Ich stehe auf und gehe in mein angenehm kühles Zimmer. »Prag war die Hölle«, ruft sie halblaut hinter mir her. »Prag war ein Traum«, sage ich in mein kühles Zimmer, »Prag war ein Traum.«

Wenn sie wüsste. Sie wird Hauke verlieren. Aber nicht aus dem Blick. Er wird bleiben, nur anders. Bei mir. Sie wird sitzen und die Welt nicht mehr verstehen. Dass die kleine, graue Emilie nun die Geliebte des Geliebten ist. Sie kann nicht ahnen warum: dass ich Luise bin und sie mein kleiner, grauer Schatten, der säuerlich in der Nase beißt, den die kranke Katze nicht mehr stützt.

Ich brauche Haukes Liebe nur aufzufangen. Er kennt ja alles: den Geruch, die Farben, die Bewegungen.

Er braucht, das wissen wir, den Kopf nur ein paar Grad nach rechts zu wenden. Ich werde dafür sorgen.

Die Fotos lasse ich ihr.

Ein Frühstück ohne Hauke. »Wo ist Hauke?«, frage ich. »Hat bei Thomas geschlafen«, sagt sie, ihre Choreographie ist nun vergessen. So habe ich sie nie gesehen. Nicht viel ist von L übriggeblieben: ein starrer Blick aus leeren Augen unter ungewaschenen Haaren, ihre Hand mit der Zigarette; aus ihrem Kaffeebecher, der auf ihrem linken, angewinkelten Knie steht, nimmt sie leise schlürfend kleine Schlucke. L in einer Art Urzustand. Sie ist wie nackt, besiegt oder: liebenswert. »Musst du gar nicht zur Arbeit«, frage ich, sie schüttelt nur den Kopf, ihr Blick ändert sich dabei nicht.

Als ich heimkomme, natürlich sind Stunden vergangen, sitzt sie noch immer da, am gedeckten Frühstückstisch. Noch in der Tür, höre ich schon ihre erste Frage: »Wie soll es denn jetzt weitergehen?« Kitti liegt vor ihr auf dem Boden, sie läuft nicht mehr weg vor mir, obwohl sie gern würde. Aber es fehlt die Kraft.

»Die Katze hat Liebeskummer«, sagt L, »sie trinkt nicht mehr, sieh sie dir an.« Kitti, die elegante, schnurrende Katze, liegt auf dem schmierigen Küchenboden mit verklebten Augen, offenem Maul, müde hechelnd wie ein Hund in der Hitze. »Aus vier mach zwei«, sagt L und stößt einen Lacher hervor. »Ja«, sagt sie und es tropft aus den Augen auf ihr verwaschenes Oberteil, »ja, bald sind wir zu zweit«. Angestrengt, so sieht es aus, wendet sie den Blick auf mich, »zu zweit«. »Wieso zu zweit?«, ich verstehe sie nicht ganz.

»Kitti stirbt«, jetzt zittert ihre Stimme endlich und ihre Augen schwimmen und ihre Lider müssen zucken, hin und her, damit sie nicht ertrinken, ihre Augen. Ich warte.

»Und Hauke verlässt mich«, würgt sie hervor. Ich sage kein Wort. »Ich … wir passen nicht zusammen, sagt er, wir seien zu verschieden, meine Launen, er kommt mit meiner Art nicht klar, er, er liebt mich nicht, sagt er. Er zieht aus.«

»Er zieht nicht aus«, sage ich, »warum sollte er?« – »Das habe ich doch eben gerade erklärt«, sagt L und schluchzt, »ich bin nicht der Typ Frau, sagt er, mit dem er leben kann.« Ihre Stirn fällt auf ihre Knie. Die Schultern zucken. »Was soll das heißen?«, frage ich. Und sie gibt keine Antwort. Ich stehe und warte. Er kann nicht weg sein, das ist gegen den Plan. Später sagt sie: »Er ist weg«, und lacht. »So glücklich waren wir nicht«, sagt sie, »vielleicht ist es okay. Wir haben wirklich nicht zueinander gepasst. Da warten tausend andere.« Sie streichelt die verklebte Katze, wischt mit einem feuchten Lappen die Kruste aus den Katzenaugen, dreht sich um, lächelt, sagt: »Gehen wir tanzen heute?«

Ich verstehe nicht. Ich gehe in mein Zimmer, taste nach der Schachtel unter meinem Bett. Ich öffne sie nicht, fühle nur den Karton. L ruft irgendetwas. Ich stehe auf und gehe in den Flur. »Wir könnten ein Wohnzimmer daraus machen.« »Aha«, sage ich. Ich höre ihr Murmeln. Jetzt spricht sie mit der Katze. Ich schleiche in Ls Zimmer. Dort liegen meine Fotos.

Grüne Augen, dichte Brauen. Sie gehören mir.

Was es heißt

_1 *in Prag, danach*

Simon hält ihm eine Zigarette unter die Nase. Sie laufen nicht umsonst über den Karlsplatz. Simon lächelt, Manu denkt: wann hört er endlich damit auf. Er nimmt die Zigarette, sieht nicht in Simons Augen. Sie wissen es beide. Simon weiß es. Manu weiß, dass Simon es weiß. Die weiße Plastiktüte mit dem Bier pendelt gegen sein Bein, Manu hört nicht, was Simon redet. Es ist egal. Sie plaudern schon seit Tagen. Reden über Leute, die vorüber gehen, über das tschechische Bier, das man wie Wasser trinken kann; über Vergangenes und was noch nachzuholen sei.

Simon hat Manu gesehen, wie er aus seiner Wohnung gekommen ist. Er hat Bella sitzen sehen. In der Mitte ihres großen, rosa Zimmers, auf Kissen, weinend. Kein anderer Ton für ihn. Nur das Schluchzen, der weit geöffnete Mund, ohne Wort. Unter ihren Augen schwarze Farbe in Bächen. Simon hat nicht gedacht: na und.

Es ist kalt. Wieder sitzen sie auf der Karlsbrücke. Sitzen und trinken und rauchen. Simon, der Manu die Hand auf die Schulter legt und lächelt. Manu, der keine Blicke mehr beantwortet. Er könnte etwas sagen.

Er könnte etwas sagen, das sich nicht anhört wie ein Lieblingslied, das nicht klingt wie Frühlingsvogelzwitschern. Aber er könnte es sagen, dass man es verstehen kann. Dass nicht alles hin sein muss. Dass es vielleicht weitergehen kann. Er könnte sagen: Simon, das war dumm. Das war nichts. Weißt du: es ist passiert. Jetzt ist es vorbei. Manchmal ist es besser, etwas geschehen zu lassen und zu merken: nein. Als es nicht zu tun und ewig nachzuhängen und zu träumen, wie es wohl gewesen wäre. Das ließe sich anhören. Vielleicht könnte man reden. Wirklich reden.

Stattdessen Zigaretten in der Kälte. Dieses Lächeln und die Hand auf Manus Schulter.

Keiner traut sich: so ist es eben. Gleich fängt Manu an, von Paris zu erzählen, von Amsterdam und sommerlanger Suche nach dem besten Ort in Berlin. Wir zwei, wird Manu sagen, nur um sich selbst nicht schweigen zu hören. Simon wird nicken, wir zwei. Damit sie es auch sicher nicht vergessen. Das war eine Zeit, wir waren alle Minuten einer Stunde zusammen, hatten alles zu tun und immer gemeinsam. Das Lächeln, das Nicken, die Hand. Das nächste Bier. Damals, sagt Simon, waren wir wie einer. Sie rauchen weiter.

So ist es: die Dinge, die man so geschickt umschifft und niemals in den Mund nimmt, weiten ihre Kreise. Immer größer wird die Zahl der Worte, die man lieber auslässt: Liebe, Frauen, Küsse. Und alles was dazu gehört. Immer schwieriger zu reden. In ausgewählten Worten um die Lücken fließen. Immer mehr darauf konzentriert, nichts Falsches zu sagen, bleibt kein Platz im Kopf für Richtiges. So plaudert man, was sich auf die Netzhaut legt, genau in diesem Moment und nicht mehr. Das ist harmlos.

Und doch: Was man beschweigt, wird immer lauter. Ob sie rauchen und sich Hände auf die Schultern legen; ob sie von früher reden oder Bier auf Brücken trinken – es rettet sie kein noch so ferner Ort, im Grunde tun sie nur eins: Sie schweigen über Bella und Manu. Sie haben Angst.

Beide haben Angst. Sie schweigen, um nicht zu verletzen. Sie schweigen, weil sie nicht aufs Spiel setzen wollen, was da ist, seit Jahren. Zwischen ihnen. Was ihnen wirklich kostbar ist: Sie nennen es Freundschaft. Sie nennen es Wir.

Sie haben Angst vor dem Schmerz, den sie sich ausmalen können und sie wissen: wenn man etwas sagt, wird es doppelt so wahr. Sie hüten sich, das Geschehene, das alle vergessen möchten, mit Worten in die Welt zu meißeln.

Sie sagen nichts und schweigen. Quälend, wie ein Krampf, und bieten sich lächelnd gegenseitig Schlucke aus ihren Flaschen an. Freunde tun so etwas. Sie rauchen und zittern in der Kälte. Ihre Hände knistern in der dünnen Plastiktüte. Über Prag bricht ein Abend an. Menschen gehen nach Hause.

Was wirklich weh tut, ist nicht der eine Kuss. Das ließe sich vielleicht verzeihen. Es ist: dass sie nicht drüber sprechen können. Dass sie nichts zerstören wollen, von dem, was sie eint und also merken müssen, wie wenig es sein muss. Dass sie sich nicht trauen, zu belasten, was sie mit Hand auf der Schulter und gemeinsamer Vergangenheit so gerne Wir nennen. Zu wenig, müssen sie fühlen, zu wenig, als dass es nicht zerbräche, wenn sie offen drüber sprächen, wenn sie einen Schmerz zwischen sich legen würden.

Und der eigentliche Schrecken, mag sein, ist: sie wissen sich einsamer, sie wissen: ein Wir funktioniert vielleicht nur mit Zigaretten und Bier. Vielleicht noch in Prag, weit genug entfernt von Bella. Wie sollten sie sich auch treffen in Zukunft, zu dritt.

Sie bleiben aber sitzen, rauchen ihre Schachteln leer und trinken weiter Bier. Später werden sie in ihr Zimmer in der billigen Pension mit hässlichen Plastikblumen gehen. Sie werden nebeneinander liegen, schnarchen und am nächsten Tag wieder hier auf der Brücke sitzen und plaudern, danach noch einen Tag, dann im Zug zurück. Was dann kommt, wissen beide nicht. Solange werden sie plaudern, rauchen, trinken. Hoffen. Sie werden nach gutem Essen suchen, das hier noch immer billig ist und vielleicht, wenn die Worte nicht mehr zum Plaudern reichen, werden sie von früher reden, von Wir und Sommererinnerungen. Sie werden sich deutlich an alles erinnern und merken: wie wir jetzt von damals reden. Vielleicht stimmt auch da schon etwas nicht.

Sie sagen Wir und Freundschaft und vielleicht hat sich schon damals alles etwas anders angefühlt, als sie es jetzt beschwören, um sich nicht zu verlieren. Plötzlich ist alles voll von anderen Gefühlen, keiner weiß, was war und wahr ist. Nichts worauf man sicher bauen könnte. Jedes Wort könnte ein falsches sein. Was sitzen sie hier und reden über den schiefen Gang des alten Mannes; was sitzen sie hier und trinken Bier und lachen über längst gehörte Witze. Was sitzen sie hier.

Und doch: Sie sitzen hier und machen sich die Mühe zu schweigen.

Etwas muss ja sein.

_2 *keiner weiß wann, davor*

Keiner weiß, wie viel Nächte es braucht. An einem Morgen wacht man auf und träumt in fremden Leben.

Sie sitzt, da bin ich sicher, in Cafés mit anderen, vielleicht mit Martin oder Jannik, denkt sich, wie es wäre, sich über den Tisch zu beugen und zu küssen. Mit feuchten Lippen einen andern. Denkt sich, wie es wäre, wenn der Fuß auf ihrem nicht zufällig dort läge, sondern aus Gewöhnung. Wenn dies sein Platz wär. Wie es wäre, mit *seiner* Hand durch Städte und durch Parks zu laufen, wie es wäre, *ihm* die Hände unter den Pullover zu schieben, wie es wäre *seinen* Atem im Ohr und *seine* Hüften zwischen ihren Beinen zu haben. Wie es wäre, sich mit *ihm* zu streiten über Abwasch und Schweigen nach der Frage; wie es wäre, von *ihm* geweckt zu werden, ob mit Schnarchen oder Croissant.

Wie es wäre, wenn es wieder Geheimnisse gäbe. Wie es wäre, wenn man nicht mehr sagen bräuchte: ich liebe dich, weil man sich nicht mehr die Mühe macht, sich zu verstecken.

Da denkst du dich fern. So ist es eben. Kaum stehst du da mit einer anderen, an der Spüle und sie ist es, die dir eine triefende Tasse reicht, mit einem Lächeln wahrscheinlich, da denkst du: ja, *sie* könnte es auch sein. Stellst dir vor, *sie* ist es jeden Tag, die dir die Tasse reicht oder der *du* die Tasse reichst, denn sicher wechselt ihr euch ab. Stellst dir vor, dieses Lächeln, dieses verschmitzte Lächeln, nicht nur, wenn sie dir die Tasse reicht, dieses Lächeln auch sonst nur für dich: Der einzige Lichtblick auf einer öden Party, der einzige Grund, tanzen zu gehen und der einzige, wieder aufzuhören.

Und da wirst du schon fast eifersüchtig, wenn ihr Freund reinkommt, für den du hier stehst, mit dem grünkarierten Geschirrhandtuch über dem Arm, lächerlich.

_3 *vielleicht währenddessen*

Sie liegt und sieht in den Himmel. Das ist seltsam: Immer wenn man liegt und in den Himmel sieht, denkt man wie lange es schon her ist, dass man das letzte Mal in den Himmel gesehen hat.

Sie liegt im Gras, manchmal raschelt ein Halm in ihrem Ohr, sie hört Autos von der Straße und denkt sich, wie groß der Himmel ist, wie weit. Sie könnte niemals alle Wolken zählen, die an einem Tag nur über ihr Stück vom Himmel gleiten. Keine Chance. Und doch: es ist alles winzig. Ein Witz. Ein unendlicher Zufall. Schieß ein paar mickrige Kilometer senkrecht in den Himmel, dahinter ist es aus mit unserem Leben, dahinter keine Weltgeschichte mehr, keine Kultur. Wie dünn unser Leben ist. Wie zufällig alles, was wir haben. Sie meint es, wie sie es laut vor sich hersagt: alles, zufällig.

Sie liegt und denkt: vielleicht ist alles andere egal. Was zählt ist dieses schmale Wunder. Es bräuchte sich nur die Temperatur zu ändern, das Wasser zu verschwinden, die Luft zu verdünnen. Es wäre alles aus. Keine Gefühle in den Gebirgsspalten, keine klugen Worte, keine laute Musik. Alles was bliebe, vielleicht für ein paar tausend Jahre, wären

Plastikflaschen und Schlote aus Beton, Karosserien und Gleise. Und niemand, der wüsste wofür und woher.

Was es heißt, in dieser Nische zu wohnen.

Sein längster Gedanke

Dass sie es nicht verstehen kann. Dass sie nichts davon verstehen kann.

Sie geht, hat sie heut morgen gesagt. Vor ein paar Tagen schon ist sie auf das Sofa gezogen. Mit so einem könne sie nicht in einem Bett schlafen. Vor ein paar Tagen, damals, hat sie noch geweint. Jetzt werden ihre Lippen stündlich dünner. Sie könnten mit dem Lineal gezogen sein. Sie sieht mich nicht mehr an. Sie spricht die meiste Zeit in der dritten Person.

Sie packt ihre Sachen schon seit ein paar Stunden. Darin war sie nie gut.

Ich habe es nicht für mich getan oder gegen sie. Sie hat keine Freunde in dem Sinne, den ich meine, deshalb kann sie es nicht verstehen. Ich habe es ihr erklärt und sie hat nur den Kopf geschüttelt. Dann ist sie aus dem Zimmer gegangen und wiedergekommen. Sie hat sich vor mich gestellt, mich angesehen, lange, und mich geohrfeigt.

Ich habe einen Kloß im Hals, als sie in der Tür steht und sagt: »ich gehe jetzt.« Ich habe einen Kloß im Hals, wie früher. Damals habe ich lange nach dem Wort gesucht, das ich sagen musste, um den Knoten zu lösen. Heute müsste ich nicht lange suchen. Ich sage nichts. Sie geht.

_1

Dabei hatte der Tag so gut angefangen. Katrine war aus einem Traum erwacht und hatte mich mit einer Inbrunst geweckt, die ich bei ihr seit jeher vermisst hatte, eine gute Stunde, bevor der Wecker es hätte tun sollen. Danach war trotz der Kälte der Motor meines Wagens ohne Probleme angesprungen und im Radio liefen zwischen mäßigen

Moderatorenkommentaren erstaunlich gute Lieder für einen Dienstagmorgen im Februar. Die Musik fügte sich nahtlos in das Landschaftsbild. Ein später Morgen in dieser Gegend, die zu achtzig Prozent aus Himmel besteht. Vor mir ein aus dem Grau brechendes Blau, zu den Seiten die fernen Bäume, noch in schwarz, die ihre Konturen erst durch das sympathische, wolkenlose Morgengrau erhielten.

So fuhr ich den allmorgendlichen Weg zur Redaktion und trommelte mit den Fingern die Stellen der Musik auf dem Lenkrad mit, an die ich mich noch erinnern konnte. Auf den buckligen, immergrünen Feldern standen einige Jungtiere und ein paar alte Schafe und stießen weiße Wolken aus ihren Mäulern. Etwas weiter entfernt liefen Windräder.

In der Redaktion stand eine Thermoskanne mit frischem Kaffee auf meinem Schreibtisch. Und ich war versucht, diesen Morgen gelungen zu nennen.

Dann rief Katrine an. Sönke ist tot.

_2

Jede Möhre schmeckt nach dem Acker, auf dem sie gewachsen ist. Den Geruch, den einem die Mutter in den Kinderkleiderschrank gelegt hat, verliert man nicht einfach. Sönke und ich schmeckten gleich, wir rochen gleich. Nach Erde und Stroh. Charly nicht, der kam aus der Stadt. Trotzdem gehörten wir zusammen. Untrennbar.

Sönkes und mein Leben sind miteinander verwachsen. Wie zwei Bäume, die in denselben Acker ihre Wurzeln stoßen und in denselben Himmel ihre Äste strecken. Wir sind nicht nur im selben kleinen Nest zusammen aufgewachsen, haben nicht nur in der selben Straße gewohnt und jede freie Minute miteinander verbracht, wir sind, so vermuten wir, sogar am selben Tag gezeugt worden, wenn nicht sogar zur selben Stunde. Ungefähr in der sechsten

Klasse haben wir uns an einem langweiligen Sommernachmittag am Dorfbrunnen unser Zeugungsszenario ausgemalt: Beide sind wir Oktoberkinder, was bedeutet, dass wir im Januar gezeugt worden sein müssen. Mein Vater hat am 13. Januar Geburtstag, was er, nach ländlichem Brauch, alljährlich groß, feucht und fröhlich feiert. Nun ist es ja nicht allzu abwegig, sich vorzustellen, dass meine Mutter sich zur Feier seines Tages bereithielt. Ebenso wenig abwegig ist die Vorstellung, dass Sönkes Mutter, die nie viel vertrug, obwohl sie hier geboren ist, sich von einer halben Flasche Korn in Stimmung bringen ließ.

Man sagt, dass Frauen, die zusammenwohnen, ihre Zyklen angleichen. Wahrscheinlich bekommen in diesem Ort alle Frauen zur gleichen Zeit ihre Tage.

Sönke und ich. Wir gehören zusammen. Und hierher.

_3

»Wie bitte?«, frage ich Katrine durch den schwarzen Hörer in der Hand. Sie atmet laut, schluckt dann geräuschvoll, sie hat so eine eigenwillige Art, Dramatik zu erzeugen. »Sönke ist tot«, wiederholt sie.

Ich setze mich hin und warte, ob noch etwas kommt. Nach einer weiteren Pause sagt Katrine: »Schlaganfall. Es ging ganz schnell. Beim Melken. Marit hat ihn gefunden.« Ich antworte nichts. Wie immer, wenn ich nichts antworte, versucht Katrine die Stille auszufüllen: »Ein Schlaganfall. Mit 32 Jahren. Max, komm doch nach Hause. Bitte.«

Ich murmele irgendetwas Zustimmendes und lege auf.

Auf der Rückfahrt fällt mir auf, dass der Himmel jetzt noch ein wenig freundlicher aussieht. Ich finde das nicht richtig. Ich mache das Radio nicht an, weil ich es unpassend finde. Ich denke darüber nach, warum man in einer solchen Situation das Radio nicht anmachen sollte. Dann erschrecke ich, dass ich über das Radio nachdenke und nicht über den Tod meines besten, wahrscheinlich einzigen Freundes. Ich versuche mich zu konzentrieren. Denke nach über Konzentration, denke: das darfst du nicht, du musst dir Sönke vorstellen. Tot. Und ich sehe ihn vor mir, mit weißer Haut und starrem Blick, sehe ihn, wie er daliegt, zwischen den Kühen und aussieht wie immer; ab jetzt für immer wie immer.

Sönke kann nicht tot sein. Dann müsste ich auch tot sein, oder so.

Ich versuche mich an irgendeinen Schwur zu erinnern. Wir hatten tausend Schwüre, für jede Gelegenheit. Wir drei. Für den Fall, dass Mädchen sich zwischen uns stellten, für den Fall, dass das Leben uns an verschiedene Ecken der Welt spülen sollte, für den Fall, dass wir Probleme mit Drogen, Geld oder anderen bekommen sollten.

In all diesen Schwüren überlebten wir. Unsere Freundschaft. Woran wir nicht gedacht hatten: Wenn wir nicht überleben.

_4

Alle Frauen haben wir geteilt. Bis es Sönke dann zu ernst wurde. Mit Marit. Als ich noch fröhlich plauderte und wissen wollte, wie es bei ihm war. Und Sönke schließlich sagte, dass er darüber nicht reden wolle. Dass das eine Sache zwischen ihm und Marit sei. Erst wollte ich es nicht hinnehmen und ging ohne ein Wort, schlug die Tür, fuhr wütend und viel zu schnell durch große Pfützen und bremste scharf in den Kurven. Dann fuhr ich zurück, entschuldigte mich, sah ein, dass ich kein Recht hatte. Wir waren keine Kinder mehr: So sind wir Freunde geworden. Im Streit um Luise. Danach um Petra. Dann um Analena. Wir mochten dieselben Mädchen, weil wir einander mochten. Ihre hübschen Gesichter als Spiegel unserer gegenseitigen Zuneigung.

Irgendwann ging es nicht mehr darum, in ein Mädchen verliebt zu sein und sie irgendwie dazu zu bringen, dass sie einen küsste. Es ging darum, die Blicke des anderen zu lesen. Sie zu verstehen, zu deuten. Herauszubekommen, in wen der andere verliebt war.

Zu wissen, wen der andere mochte, ließ die Kokons im eigenen Bauch platzen, für wen auch immer. Wenn der andere sie aufregend fand, musste etwas an ihr sein.

_5

Als ich nach Hause komme, sitzt Katrine am Esstisch und weint. Sie hat die Ellenbogen auf den Tisch aufgestützt und die Hände vorm Gesicht. Ich setze mich zu ihr und schaue aus dem Fenster in den Garten. Es ist dunkel im Zimmer. Katrine hat kein Licht angemacht. Wahrscheinlich findet sie es unpassend.

Ich habe mir oft vorgestellt, wie es hier aussieht, wenn ich eines Tages sterbe. Wie Katrines Gesicht aussehen, wie das Wetter an einem solchen Tag sein und ob Katrine die Hühner und die Schweine füttern wird. Nun sitze ich hier in einer Situation, die aus meinem Kopf kommt. Nur dass der Falsche tot ist. Ich schüttele den Kopf.

Unser Garten ist zur Straße hin nicht schön. Das ist unsere gebügelte Rebellion. Reste. Alle Gärten hier sind zur Straße hin besonders schön. Unserer ist besonders hässlich. Ein Haus zu haben ist nicht leicht. Ein Haus zu haben und die Rasenkanten mit dem Spaten abzustechen, dazu haben wir zuviel Vergangenheit: Aus einer alten Kloschüssel wachsen im Sommer ein paar bunte Blumen, Ringelblumen, Spitzwegerich und zwei Kartoffelpflanzen. Provokation oder was davon übrig geblieben ist.

Ich sehe Katrine an und frage mich, wie lange wir wohl nicht mehr miteinander schlafen werden. Dann erschrecke ich über den eigenen Gedanken, versuche darüber zu erschrecken, dass ich über meine eigenen Gedanken erschrecke. Und denke an den toten Sönke.

»Rufst du Charly an?«, fragt Katrine und sieht mich aus weinenden, roten Augen an.

Ich nicke.

_6

Irgendwann sind wir aufgebrochen. Verstreuten uns in verschiedene Richtungen und schworen uns, zurückzukommen. Charly sah nach den Jahren keinen Grund mehr dazu, also blieb er, wo er war, Düsseldorf, und was er geworden ist, Lehrer. Zog dann von Stadt zu Stadt und kam anfangs selten her, später gar nicht mehr. Ich hatte seine Telefonnummer und er meine.

Mehr nicht, im Moment. Aber weil meine Erinnerungen seine sind und seine Erinnerungen meine, ist es doch mehr: jeden Augenblick. Weil ich noch immer, wenn ich vor dem Spiegel stehe, mich frage: wie findet Charly diesen Pullover, wie findet Sönke diese Mütze, weil ich jeden meiner Artikel noch einmal mit seinen Augen lese. Mit den Jahren kommt es auf die Kilometer nicht mehr an, sagt man, sondern auf die Zeit, die man miteinander verbracht hat.

Sönke und ich kamen zurück. Natürlich. Und wie immer fast gleichzeitig. Eigentlich waren wir nie wirklich weg gewesen. Kamen fast jedes Wochenende nach Hause, zu unseren Feldern und Gärten, unseren Frauen, zur Familie, den ewig selben Diskos und Kneipen und vor allem: zu uns. So wie wir uns kannten. Schon als wir damals per Handschlag versuchten, Charly zu binden, wussten wir, dass er nicht zurückkommen würde oder ahnten es zumindest. Er gehörte hier nun mal nicht her. Das wusste er, das wussten wir und das wussten die Leute hier. Er hätte hier nicht leben können.

_7

Vor lauter Verzweiflung fahre ich zu meiner Mutter. Ich setze mich an ihren Tisch. Sie stellt mir einen Korn hin, schenkt sich selber einen ein. Sie reibt mir über die Schulter, ehe sie sich setzt. Mit ihrer Schürze wischt sie über den Tisch. »Naja«, sagt sie, »der Herr gibt, der Herr nimmt.« Ich trinke meinen Korn.

Die Leute hier weinen nicht. Sie wissen: auf Regen folgt Sonne, nach dem Winter kommt der Frühling und auf Tod folgt Leben. Und weinen nicht.

Ich weine nicht. Das weiß ich. Sonst weiß ich nichts.

Das Leben meiner Mutter kommt aus einer anderen Zeit. Sie versteht nichts. Sie ist verwirrt. Weil sie zwischen den Zeiten hängt. Sie wohnt genau auf der Kante, an einem Ort, wo die Zeiten sich mischen; wo Bewegungen noch immer so ausgeführt werden, wie seit Hunderten von Jahren, und ihren Sinn nicht verloren haben. Eine Sense schneidet immer noch das Gras in unserem Garten. Aus dem Eimer meines Großvaters wird das Futter für die Tiere gegossen. Der Schleifstein schärft die Messer in einer Bewegung der Hand, die mein Großvater schon von seinem Vater gelernt hat.

Meine Mutter ist nur zwanzig Jahre älter als ich und sie kommt aus einer anderen Welt. Uns pflückten ausgerechnet die grauen Schüsseln an den Häuserwänden die buntesten Bilder aus dem Himmel und die neuesten Ideen. Die neue Zeit kam in unser altes Haus und flimmerte in Farben wie Herbst über eine Glasscheibe im Wohnzimmer. Ihre bunten Kinder traf meine Mutter im Supermarkt und in der Stadt, wenn sie einkaufen fuhr, doch in unserem Haus blieb alles alt. Wie im Kopf meiner Mutter.

Irgendwann muss ihr Leben einmal glücklich gewesen sein. Wie zum Beweis trägt sie ein Lächeln aus dieser Zeit über ihrem Gesicht. Sie muss sich gut erinnern können, ihr altes Lächeln sieht tatsächlich aus, als wäre es eins. Man muss sie kennen, um zu wissen, dass die lederne Haut um ihren Mund vor allem für sie selbst da ist. Damit sie weitermacht. Manchmal summt sie sich Melodien zu, die sie aufheitern sollen. Damdidamdidam. Sie muntert sich selbst auf, mit kleinen Sprüchen. Augen auf beim Eierkauf. Holzauge sei wachsam.

Wann warst du glücklich, Mama? Erzähl einmal eine Geschichte aus deinem Leben. Da gab es immer nur die eine: Ein junges Ding war ich, ganz aufgeregt, das erste Mal dabei. Bei den Großen. Wie mein Herz da geklopft hat, als Michel, also der Papa, mit mir trinken wollte. So viel älter war er doch. Und wollte was von mir, dem jungen Ding. Da hab ich mich vielleicht gefühlt. Ja, da hat sie sich einmal gefühlt. Wir haben bis zum Morgengrauen getanzt zwischen, Strohballen und Klapptischen. Nur für uns.

Irgendsowas hat sie erzählt. Davon zehrt sie noch heute. Sie muss es: von da an waren sie ein Paar. Ein Jahr später zog sie auf den Hof meiner Großeltern, ein weiteres danach war Hochzeit. Mit achtzehn Martin. Mit zwanzig mich. Mit einundzwanzig Linda. Zweimal Ostsee mitallemann. Sonntags an den Deich. Dumdidumdidum. Danach den Kuchen, das Werk des Vormittags, das wir stumm in uns hinein bröselten. Dann hatten wir wenigstens was zu tun. Mit dem Mund. Vorher nicht. Am Deich. Bei uns gab es immer wenig Worte.

Die Dumme hat das Abitur geschmissen. Mutter redet heute noch mit Fistelstimme, ein Hauch der eigenen Stimme, nur angedeutet. Sogar, wenn sie schreit. Sie weiß ja nichts, versteht ja nichts. Mach doch mal was, du bist doch nicht auf den Kopf gefallen, Hanne. Gute Ratschläge. Das sagt der studierte große Bruder und die zwei Cousinen aus der Stadt. Denk doch auch mal an dich. Ach ja, das gibt's ja auch. Wie geht denn das noch mal. Was waren denn noch mal meine Träume. Michel, ich habe nachgedacht, ich muss was machen, was für mich: Zweimal im Jahr ins Theater und einen VHS-Kurs für Literatur und einen für Geschichte. Die

Leistungskurse und wohl auch die Studienfächer. Wenn Mama nicht das Herzklopfen bekommen hätte.

Jetzt hat sie es dauernd. Herzklopfen. Viel zu schnell und viel zu unregelmäßig. Kur, vier Wochen. Schwindel und so weiter. Ist noch gar nicht lange her.

Wie geht es dir Mama? Das tonlose Lachen. Wie kann man tonlos lachen?

»Mama, ich muss Charly anrufen. Er muss kommen.«

»Ja«, sagt sie, »Reisende soll man nicht aufhalten. Dumdi- (ach, nein).«

_8

Charly meldet sich immer noch mit Charly. Nicht mit Andreas, seinem richtigen Namen. Das ist schon mal gut.

»Hallolangenichtsvoneinandergehört, schöndassduanrufst. Tralala.« Dann muss er doch schlucken. Da ist er erst mal still. Ich auch. »Was muss ich noch loswerden? Achja: du kannst natürlich bei uns wohnen, wenn du kommst, gar kein Problem. Würd mich freuen, dich mal wiederzusehen, auch wenn's ein komischer Anlass ist.«

Da müssen wir beide leise lachen. Verhalten. »Tja«, sage ich, »dann mal ...« – »ja«, sagt er, »dann mal bis, na, ich würd sagen, ich mach mich morgen früh auf den Weg, was?« Ich nicke, seufze noch mal in den Hörer, »ja, dann also bis Morgen.«

Als ich vom Flur in die Küche komme, dreht meine Mutter sich ruckartig um und fuchtelt in Schränken herum, die sie wahllos aufreißt. Sie tut, als würde sie etwas suchen.

Ich bleibe noch einen Moment stehen, sehe ihr zu, trinke noch einen Korn. Dann lege ich von hinten meine Hand auf ihre Schulter. Sie hält inne. Ohne sich umzudrehen, legt sie ihre Hand auf meine, reibt sie ein bisschen. Und sucht weiter. Ich gehe.

Mein Vater ist noch auf den Feldern. Ich will nicht warten, also setze ich mich in den Wagen. Ich fahre los. Nach Hause. Wohin auch sonst. Ich würde gern zu Sönke fahren.

_9

Wenn ich an Sönke denke, denke ich nur an sein Gesicht. Frontal, von oben, wie der Kopf auf dem Boden des Stalls liegt. Hell ist es, wenn ich an ihn denke und leer ist es in meinem Kopf. Ich muss mich anstrengen, um einen richtigen Gedanken zu finden. Ich kann mich nicht an unser letztes Gespräch erinnern. Ich meine: an den Inhalt. Ich finde es nicht so wichtig, was man redet, sondern dass man redet. Nein, vielmehr: dass man reden kann, wenn man will und nicht braucht, wenn man nicht kann. Sönke und ich, bei uns klappte alles besser, wenn wir zusammen waren. Wir trafen uns oft, nur um in einem gemeinsamen Raum zu sitzen. Dann malte Sönke in der einen Ecke und ich las in der anderen, er schrieb einen Brief, ich machte meine Steuererklärung. Dann sprachen wir stundenlang nicht ein Wort. An manchen Tagen sagten wir nicht mehr als Hallo und Bismorgen-dann, obwohl wir den ganzen Tag zusammen waren. Das waren die schönsten Stunden.

Nicht allein zu sein, aber ohne Publikum. Das ist es, was ich mit Freundschaft meine.

_10

Als ich auf unseren Hof fahre, denke ich, ich hätte ja doch zu Sönke fahren können. Zu Marit, meine ich. Ich habe sie noch nicht einmal angerufen. Ich steige trotzdem aus. Über mir noch immer der milde Tag, vom Hof her das Gackern der Hühner. Ich überlege: ich könnte zu den Schweinen gehen, mich zu ihnen setzen. In ihrem Grunzen fühle ich mich wohl. Es beruhigt. Aber dafür habe ich keine Zeit.

Katrine weint noch immer. Das ist nicht überraschend. Wenn sie erst mal anfängt zu weinen, dauert es oft Stunden, bis sie wieder aufhören kann. Weil ihr, wenn sie nun schon mal dabei ist, immer mehr traurige Dinge einfallen.

Als ihre Mutter vor drei oder vier Jahren gestorben ist, hat sie zwei Tage lang geweint und nicht geschlafen oder gegessen, nur geweint. Dann hat sie sich zwei Wochen gehasst. Dafür, dass sie aufhören konnte zu weinen, ohne dass sich etwas verändert hat.

Katrine ist eine großartige Frau. Das beste, was mir passieren konnte. Ich weiß. Ich liebe sie. Nur nehme ich mir zu wenig Zeit für sie. Eine Frau wie Katrine kann man nicht nebenher lieben. Früher habe ich mir die Zeit genommen. Ich konnte mich zu ihr setzen, ihre kleinen Spiele mitspielen, die sie spielt, ihr stundenlang zusehen, wie sie nichts macht, aber das mit der größten Hingabe. Sie hat die meisten Regeln, die man während des Erwachsenwerdens lernt, nie angenommen. Wahrscheinlich habe ich mich deshalb damals in sie verliebt.

Sie kann sich heute noch vor den Spiegel stellen und sich stundenlang dabei zusehen, wie sie den Mund verformt. Danach legt sie sich ins Bett und schläft, mit einem guten Gewissen, als hätte sie gearbeitet. Dann steht sie wieder auf, probiert alle Sachen aus dem Kleiderschrank an, auch meine. Nichts gefällt ihr. Dann zieht sie die Hässlichsten an, weil ihr auffällt, wie unwichtig Kleidung ist und geht raus. Spazieren.

Oft bin ich zu eilig, zu hastig. Dann kann ich nicht verstehen, wie sie so leben kann. Schweine füttern und Hühner, der kleine Gemüsegarten, der im einen Jahr ordentlich gepflegt die tollsten Dinge hervorbringt und im nächsten verwuchert und verwildert. Spazieren, schlafen, Bücher. Dass sie nichts schaffen muss und glücklich ist, wenn sie die Hand in die Erde stecken kann. Dass sie immer irgendwelche

Spiele spielt, als gäb es einfach keinen Grund, die Dinge zu tun, die andere jeden Tag tun.

Ihre kleinen Spiele: Sie muss, bevor der Wasserkasten des Klos wieder vollgelaufen ist, auf dem Bett im Schlafzimmer sein. Sie muss Titel und Name des Interpreten eines Radiosongs vor seinem Ende laut und richtig in der Küche aufsagen, sonst wird der nachfolgende Song schlechter als der vorangegangene. Wann immer wir an einer Straße entlanggehen, wechselt sie ständig das Schritttempo, das macht es unmöglich, neben ihr zu gehen. Das tut sie, weil sie dann ein Spiel spielt, dessen Regeln so gehen: Alle vorbeifahrenden Autos ziehen ihr Lebensenergie ab. Ein entgegenkommendes zwei Punkte, ein von hinten kommendes einen Punkt. An so genannten *Checkpoints* kann die Lebensenergie aufgefüllt werden. Checkpoints sind Briefkästen und Mülleimer. Parkende Autos – und das ist das wirklich Wichtige – dienen als Schutzpanzer. Wenn sie also in dem Moment, da ein Auto angefahren kommt, hinter einem parkenden Wagen oder einem Baum steht, wird ihr keine Lebensenergie abgezogen. Wenn der Verkehr ausreichend stark ist, sieht das so aus: mal steht man fast, dann wieder muss man spurten, fast rennen, zum nächsten parkenden Wagen, nur um dort schnaufend wieder zu schleichen. Im Kaufhaus zählt sie laut die Stufen der Rolltreppe, nur um zu sehen, wie die Leute reagieren.

Wäre ihr Leben gut geschnitten, könnte ich ihren Spielereien stundenlang zusehen. Ich würde mich ins Kino setzen, zusehen, lachen und mich verlieben.

Zusehen, das geht. Aber ich kann ihre Spielchen nicht mitspielen. Es sind ihre Spielchen und wenn ich versuche mitzuspielen, fühle ich mich ertappt. Ich komme mir vor, als hätte ich mich in ein fremdes Spiel geschummelt. Ich fühle mich beobachtet. Es geht nicht. Ich habe es versucht. Das ist wie tanzen, wenn ich nicht betrunken bin. Sobald ich auf die Tanzfläche gehe, kann ich mich nicht mehr normal bewegen, weil ich denke, alle würden mich anstarren und heimlich auslachen. Erst mit steigendem Pegel vergesse ich das Publikum.

»Ich müsste mir mehr Zeit nehmen für dich, man kann eine Frau wie dich nicht nebenbei lieben.« Das ist meine beste Ausrede. Wenn wir es schaffen und einmal im Garten liegen, bei Sonnenuntergang, und Rotwein trinken und uns so fühlen, wie wir es aus unseren liebsten Filmen kennen. Dann ist diese Antwort die feinste, wenn sie mich fragt, warum ich so unachtsam bin. Dann lehnt sie sich enger an mich, schnauft vergebend und sagt »dann nimm dir Zeit«. Ich drücke sie. Ganz fest. Um nichts sagen zu müssen.

Sönke war ein Freund. Kein Publikum.

Heute weint sie. Keine Spielchen.

_11

Die ewigen Auseinandersetzungen wurden schnell mühsam. Und Charly, der Fremde, der er immer blieb, neigte zu Arroganz als Antwort. Er konnte leicht verzweifeln. Schwankte zwischen Stärke und Mutlosigkeit. Charly war nicht hier geboren, roch nicht nach Erde und Stroh, sondern sonderbar fremd.

Vielleicht hatte er es deswegen so leicht bei den Mädchen. Er hat nie viel geredet. Aber er hatte die Ideen. Und den Mut. Er hat gedacht und gemacht und uns mit sich gezogen. Heute würde ich ihn einen Exzentriker nennen, vielleicht eine Diva. Damals habe ich ihn bewundert. Ohne es zu wissen: für seine Leidenschaft. Wie er sich seinen Gefühlen ergeben hat: vor Wut zu weinen, Verzweiflung herauszubrüllen, zu lachen bis die Seitenstiche kommen – das ist uns fremd, glaube ich. Uns.

Ohne dabei je lächerlich zu wirken. Darum habe ich ihn beneidet.

_12

Zu Hause gibt es nichts zu tun. Es gibt kein Essen, das uns schmeckt. Kein Buch, das wir lesen, keinen Film, den wir sehen wollten. Es gibt kein Wort, das wir reden könnten und keine Berührung, die angemessen erscheint.

Wir sitzen uns am Tisch gegenüber mit gesenkten Köpfen. Wir sitzen im Dunkeln, denn was spielt es jetzt schon für eine Rolle, wie hell oder dunkel es ist.

Irgendwann nehme ich einen Apfel. Da schüttelt sie den Kopf, »wie kannst du jetzt nur etwas essen«, sagt sie. Ich lege ihn zurück und ziehe meine Jacke an. »Kommst du mit?«, frage ich. Katrine steht auf, zieht sich an und geht raus. Ich folge ihr. Später folgt sie mir, da ziehe ich sie über die Felder. Als es schon dunkel ist. Wie ein kleines Kind an meiner Hand. Von fern sehen wir sicher so aus. Wie ein trotziges Kind, das nicht weiter will und ihr Vater, der ungeduldig zieht.

Irgendwann nehme ich sie in den Arm und ziehe sie zu mir heran. Sie hat trotzige Augen, ich will sie küssen, ihre Lippen bleiben steif, ich fühle nur die kalte, spröde Haut. Ich lege meine Hand auf ihren Hintern und sehe sie an. »Ich finde es nicht schlimm, was nützt es Sönke, wenn wir schweigen und uns nicht berühren.« Katrine schüttelt den Kopf und geht. Lässt mich stehen. Ich komme ihr nach.

_13

Ich war Charly dafür dankbar, dass er so lange schlief. Ich, der ich es gewohnt war, immer früh aufzustehen, lag dann neben ihm. Um uns diese große Matratze, die auf dem Boden lag. Schon das war wichtig: ohne Lattenrost und Beine, wie hingeworfen. Scheißegal, ob die Matratze schimmelte. Bei Charly ging es um Wichtigeres. Das konnte ich fühlen.

An diesen langen Morgen, die ich niemals verschlief, sondern mit wachen Augen und Ohren genoss, lag ich da, stundenlang ein leichtes Lächeln über das Gesicht gestreckt, blickte im Zimmer umher und lauschte den seltenen Geräuschen in diesem angenehm ruhigen Haus. Vielleicht ein paar gedämpfte Vogelstimmen. Von unten die behutsamen Schritte der Eltern, die zuweilen Eierbecher gegeneinander stießen oder einen Löffel fallen ließen, während sie den Frühstückstisch deckten. Ein leises Gurgeln der roten Kaffeemaschine. Manchmal streichelten die Äste der Bäume im Garten das Dach. Eine Katze miaute.

Nur ein wiederkehrendes Geräusch: Charlys Atem. Die Sonntagmorgen bei Charly waren Musik. Musik im Takte seines Atems. Ich liebte die Melodie.

Und ich mochte die Inbrunst, mit der er es hasste, bei mir zu schlafen. Bei mir, wo wir ohne Rücksicht auf Kater und Schlafmangel und vor allem ohne Grund spätestens um neun Uhr geweckt wurden. Den Tag verschlafen nannte meine Mutter, was Charly so liebte. Die Menschen hier haben ihre Regeln und sie brechen sie nicht.

Ich mochte es, wie Charly dann an unserem Tisch saß und meine Mutter böse anstarrte, bis sie sich zu einer ihrer unerschöpflich vielen Floskeln entschloss und sagte: »Wer feiern kann, der kann auch arbeiten.« Ich mochte es, wie Charly dann zurückgrummelte »Wer nicht arbeitet, kann auch mal auspennen.«

Ich mochte es, wie gleichgültig es ihm war, ob meine Eltern ihn leiden konnten oder nicht. Ihm war egal, was sie von ihm hielten oder dachten. Er machte die Dinge so, wie er sie für richtig hielt: Er nahm die Wurst vom Wurstteller mit der Hand statt mit der kleinen Gabel, die nur dafür auf dem Teller lag, er lachte nicht aus Höflichkeit über Witze, die er nicht lustig fand, und wenn er auf meine Mutter sauer war, zeigte er es ihr. Ihm war alles egal. Das war wichtig. Denn dann musste es etwas anderes geben, das wichtig war.

_14

Ich kann mich nicht zu Katrine legen. Ich würde kein Auge schließen können und irgendwann würde ich geil werden und mich an ihr reiben und sie würde mich hassen und ich würde mich hassen, wie ich an einem solchen Tag geil werden kann.

Ich setze mich in mein Auto. Ich fahre doch noch zu Marit. Es ist schon spät, aber jetzt ist es auch egal.

Sie öffnet die Tür im Schlafanzug. Ihre Augen sind rot und glasig. Wie sie mich ansieht. Ich nehme sie in den Arm. Sie weint.

Dann sitzen wir uns gegenüber. Wie es geht, frage ich und finde es dumm, als ich es höre. Sie zuckt mit den Schultern, lacht mit dem Mund. Weint mit den Augen. Die Haut, die sich über ihr Gesicht spannt, zuckt unkontrolliert. Sie vergräbt das Gesicht unter ihren Armen.

Wir trinken Schnaps und hören Musik. Wir sehen uns nicht in die Augen. Wir reden nicht. Sitzen nur da. Wie schon den ganzen Tag. Wir sitzen da, uns gegenüber, wie Fremde in der U-Bahn.

Im Grunde weiß ich nichts über Marit. Ich habe sie, na klar, tausendmal gesehen, gehört, erlebt, aber nie beachtet. Auch wenn es zwischen uns keine Eifersucht gab, zumindest nicht von meiner Seite, gab es doch auch kein Interesse. Mit ihr war es anders, als mit allen Frauen davor, für sie galten andere Regeln und sie wurde nicht interessant durch Sönkes Interesse. Sie war der andere Teil von Sönke, der Teil, den in hingeben musste, wenn ich Sönke bei mir behalten wollte, das hatte ich verstanden.

»Sönke«, sagt Marit. »Marit«, sage ich. Die Henna-Haare, das verlaufene Schwarz unter den weiten Augen. Ihre Knie dicht zusammen, wie die Fußspitzen. Die Hacken auseinander. Auf den Knien ein Ellbogen mit einer Zigarette. In der anderen das Schnapsglas.

Sie fährt mit der Hand, in der sie die Zigarette hält, über mein Knie. Hin und her. Ganz sanft. Ihr Blick verrät nicht, ob sie merkt, was sie da tut. Ihre Augen folgen dem Rauch, der in nicht zu berechnenden Spiralen von meinem Bein aufsteigt. Ich folge den Spiralen, treffe ihre Augen, nehme ihre Hand. Ihre warme, trockene Hand. Sie schließt für einen Moment die Augen. Irgendwo in ihrem Körper löst sich ein Ton. Ein tiefer Ton. Ich muss an unsere Katzen denken. An ihr Schnurren. Dieser Ton ist nur für mich. Aus dem Körper der Frau, die nur für Sönke war.

Plötzlich ist der Ton weg. Die Hand aus meiner verschwunden. Dafür sitzt ein Lächeln zwischen Marits Lippen, das irgendwas verbergen soll. Verlegen ist es.

Mit wachen Augen sagt sie: »Ich bin müde.«

_15

Sönke war ein Geschichtenerzähler. Ein Archivar. Er sammelte und bereitete auf, er ordnete und hinterließ. Für uns und vor allem: für die Nachwelt. Für Sönke gab es immer etwas zu tun. Sönke, der Gelassene, der sortierte und notierte. Er war es, der Geschichten zum Besten geben konnte, der uns erinnerte. Sönke sagte: wisst ihr noch und damals und früher.

Charly, der an allem rüttelte, der nie zufrieden war, der sich um keine Zeit scherte. Vielleicht am wenigsten um die Gegenwart. Er hatte eine Idee, die immer einen Schritt voraus war, die davon lebte, dass sie schneller war als wir und auch als er selbst. Aber er war am nächsten dran und fütterte uns mit dieser Idee, seinem Glauben. Diesem Glauben, dem Sönke eine Chronik schenken wollte. Und was war meine Aufgabe? Ich trottete irgendwie hinterher, folgte. Ein bisschen ängstlich im Windschatten von Charlys Vorstößen um meine Zukunft zitternd, die Geborgenheit von Sönkes nachweisbarer Vergangenheit genießend, die ja auch meine war.

So brauchten wir uns gegenseitig ganz dringend. Sönke brauchte mich, denn heimlich war ich wohl der Adressat seiner Geschichten. Für wen, wenn nicht für mich, widersprach Charly allem, was nicht aus seinem Mund kam. Wem sollte ich folgen, wenn nicht Charly, auf wessen Polster hätte ich fallen sollen, wenn nicht auf Sönkes. Wie hätte Charly stets weiterschreiten können, wenn nicht Sönke seine Vergangenheit verwaltet hätte. So hatten wir uns aufgeteilt: Charly war die Zukunft, die ihm immer wieder entglitt, die ihm gleichzeitig so egal schien, weil sie nichts anderes bringen würde, als das, was sowieso schon da war. Ich trottete kurz dahinter, war der, der das lebte, was Charly vor- und Sönke nachbereitete. Und Sönke schritt hinterher, betrachtete das Geschehene gerne noch einmal, den Kopf schüttelnd dann oder lächelnd, manchmal vielleicht ein bisschen wehmütig.

_16

Katrine schläft schon. Alle Lichter sind aus. Ich gehe in die Küche, nehme mir den Apfel. Ich zähle leise die Schritte bis zum Wohnzimmer und lasse mich dort in den Sessel fallen. Sie hat gebügelt. Das Bügelbrett steht vor dem Fernseher, das Bügeleisen noch aufrecht darauf, Wäschekörbe verteilen sich wie kleine Schiffe im Wohnzimmer, als wollten sie anlegen, irgendwo. Sie sind unterschiedlich beladen, manche mit rohem Stoff, der geknickt und gekräuselt ist, dessen Formen man nicht erkennen kann, andere mit feinen, glatten Stoffen, Hemden, Hosen, Pullovern.

Ich habe Lust, den Kopf zu schütteln, so wie sie heute Abend den Kopf geschüttelt hat. Zu bügeln, heute. Aber es macht keinen Sinn, den Kopf zu schütteln, ohne sie. Und dann denke ich: vielleicht der Versuch zu hangeln, sich zu halten. Bügeln, da hat man was. Fernsehen, da ist man nicht allein.

Bügeln, das erinnert mich auch an meine Mutter. Sie hasste es zu bügeln und tat es doch, bügelte alles, auch die Unterhosen, die Strümpfe, die Blaumänner. Sie bügelte alles, selbst die Taschentücher. Einmal hab ich gesagt, »Mama, die Hemden, die Hemden kannst du bügeln, von mir aus die T-Shirts und Pullover, wenn es sein muss, aber warum bügelst du den ganzen Mist?« – »Man tut was man kann, dumdidum.«

Es könnte ein Faden sein, an dem man sich halten kann, wenn man schwankt. Es könnte ein Faden sein, aus bewährten Handgriffen und Tätigkeiten, die das Leben in Gang halten. Ein Faden, der sich zu einem sichernden Netz spannen ließe. Ein Faden aber auch, in dem man sich verstricken kann: wenn man alle Mühen auf sich nimmt und die Bewältigung von tausend Kleinigkeiten zum Inhalt wird.

Während des Studiums brachte ich ihr meine Wäsche. Ich hatte keine Waschmaschine und brachte jedes Wochenende in einer Reisetasche meine Schmutzwäsche mit, die ich im Keller vor die Waschmaschine schüttete. Nicht sortiert, nicht die Socken lang gezogen und die besonderen Pullover auf links gedreht, nicht mal die Taschen sorgsam überprüft; nicht ahnend, welcher Aufwand hinter einer Ladung Wäsche steht.

Abends saßen wir dann zusammen vor dem Fernseher, ich auf dem Sessel, sie auf dem Fußboden hockend, wenn sie die Socken zu Paaren stopfte oder am Bügelbrett stehend, wenn sie meine Shirts und Hosen und Taschentücher bügelte und faltete und sie in die bunten Schiffe legte, die ich dann nur noch entladen musste. All das geschah mit einer Selbstverständlichkeit, die mir heute peinlich ist. Wenn ich ihr wenigstens geholfen hätte, aber ich saß nur da und sah fern, unterhielt mich ab und zu kurz über irgendeine Nachricht aus dem Fernseher, während sie vor mir kniete und meine Wäsche in einer Routine knickte und strich, die mir unheimlich ist, heute. Die aber gleichzeitig so selbstverständlich war für uns beide, dass wir nichts von alledem wahrnahmen; dass ich erst Jahre später hier sitze, in meinen Apfel beiße und vor Rührung Tränen fühle.

Ich reibe mir meine Augen, wische die Finger an der Hose trocken und schmeiße den Apfel weg. Die Bettdecke ist von außen kühl, ich fröstele, aber als ich die Decke anhebe, steigt mir süße Wärme entgegen. Ich schlüpfe schnell hinein in diese Wärme, drücke mich fest gegen Katrine. Sie dreht sich um, nimmt mich in den Arm, murmelt mir etwas zu, streift mich mit einem verschlafenen Kuss und schnarcht leise weiter. Es gibt keinen schöneren Moment als diesen. Ich atme diesen Moment, ich trinke ihn, Schluck für Schluck, erst die Kühle des Raumes, die Wärme unserer Körper, dann die Zartheit ihrer Umarmung. Meine Augen schwimmen schon wieder leicht.

Dann denke ich an Sönke, und jeder Augenblick ist besser als dieser. Ich könnte weinen über mich, dass ich an diesem Tag nur einen Moment genießen konnte.

_17

Charly brauchte nie um irgendeine Liebe zu kämpfen. Man kämpfte immer um ihn. Er war das einzige Kind seiner Eltern, die eine Harmoniesucht trieb in allem, auch in der Liebe. Also liebten sie ihn für alles, bedingungslos. Wahrscheinlich stieß er deshalb diese Liebe von sich, immer wieder, weil sie ihn anwiderte, wie alles, was einfach immer da ist. Wer zehn Apfelbäume im Garten stehen hat, geht achtlos mit seinen Äpfeln um, wenn er sie alleine essen soll.

Und weil er die bedingungslose Liebe hasste, knüpfte er seine Zuneigung an Bedingungen. Man konnte sie gewinnen und verlieren, man musste darum kämpfen, dafür arbeiten. Und uns, die wir es gewohnt waren, dass man für das, was man haben möchte, arbeiten muss, kam es vor wie das Natürlichste der Welt.

Wir trugen ihm unsere Zuneigung an, bangten um seine Gunst, hofften auf Gegenliebe. Und er teilte aus, wie seine Stimmung es zuließ. Teilte aus und befriedigte alles: unsere Erwartung, seinen Hunger nach Aufmerksamkeit und seine Vorstellung, Liebe müsse verdient werden. Das einzige Problem, was unlösbar schien, war, dass wer immer austeilt, gar nicht verdienen muss.

_18

Im Morgengrauen beschließen wir zu frühstücken. Irgendwann, sagen wir uns, müssen wir ja doch wieder damit anfangen.

Wir sitzen uns in der viel zu dunklen Küche gegenüber, und weil wir noch immer nicht wissen, was wir reden sollten, erzähle ich Katrine, dass Charly heute kommen wird, irgendwann, ab Mittag etwa. Katrine überlegt, dann blickt sie endlich von ihrem Teller auf und mich an und fragt: »Und?« Ich weiß weder, was sie hören will, noch, was ich sagen soll, und zucke mit den Schultern. »Ich meine, ob du aufgeregt bist«, erklärt sie.

Ich denke zum ersten Mal darüber nach, dass Charly heute herkommen wird. Klar, eben erst habe ich es Katrine erzählt. Aber meine Worte sind nie wirklich in meinen Kopf gedrungen. Ich bin nicht aufgeregt, ich habe Angst. Über zehn Jahre habe ich ihn so gut wie gar nicht mehr gesehen, einmal hatte er mich zu einer Party nach Berlin eingeladen, mich und Sönke und wir waren zusammen dort gewesen, nur war Charly auf der Party so sehr an einer Frau interessiert, dass er für uns nur sehr wenig Zeit hatte.

Ich nicke Katrine zu. »Ja«, sage ich irgendwann, »ich bin aufgeregt, zehn Jahre sind eine lange Zeit.« Und was Charly alles bedeutet: Nach Sönkes Tod ist er der Rest meiner Vergangenheit, der einzige Beweis, dass es mich gegeben hat –

außer mir vielleicht. Mit wem außer Charly soll ich den Rest meines Lebens von meiner Jugend und Kindheit schwärmen. Charly ist alles. Mein einziger Freund, der er immer bleiben wird. Daran können auch zehn verfluchte Jahre nichts ändern. Denn auch ich bin ja sein letzter Rest Vergangenheit. Und Charlys Vergangenheit ist ja keine, an die man nicht gerne erinnert wird.

_19

Charly und ich konnten nicht gut allein sein. Zusammen allein, meine ich, ohne Sönke. Immer mussten wir etwas zu tun haben, wir konnten nicht still nebeneinander sitzen, wie es zwischen Sönke und mir funktionierte. Aber das war nicht weiter problematisch, denn wir hatten immer etwas zu tun: wir bauten an unseren Hütten, stellten Fallen auf, machten Pläne für Streiche oder versteckten Schätze, die wir vorher von irgendwoher zusammentrugen; später diskutierten wir oft über Politik, Literatur und Filme oder kifften oder tranken Bier.

Charly hatte es immer leicht bei Frauen, zu leicht, wie ich fand. Sie verliebten sich reihenweise in ihn, ohne dass er etwas dafür tat. Außer vielleicht, so zu sein, wie er war. Das allerdings war sicherlich nicht immer leicht, sondern häufig mit Kummer und Schmerz verbunden.

Während Sönke und ich unsere unschönen Seiten so gut versteckt hielten, wie es nur ging, und unsere guten Seiten angestrengt zur Schau stellten, balzten und aufwändige Darbietungen boten, um bei einer Frau zu landen, saß Charly einfach in einer Ecke eines unbedeutenden Raumes herum, sagte kein Wort, und doch stach seine Präsenz in den Augen. Sobald er sich dann erhob, etwa um pinkeln zu gehen oder nach einem Glas Wasser zu fragen, gehörte alles ihm. Charly, obwohl er unser bester Freund war, machte uns zuweilen

Angst. Wir spürten: sollte es uns einmal ernst werden mit einem dieser Mädchen, die wir küssten und streichelten, dann würde Charly sie sich nehmen können, ohne Probleme. Das war der eigentliche Grund für unseren Pakt: Keine Frau sollte je zwischen uns stehen. Keine Frau sollte je der Grund für einen Streit sein. Keine Frau sollte uns trennen.

Bevor es ernst wurde mit den Frauen, begann das Studium und die Gefahr für unsere Freundschaft, die Charly in sich trug, zog mit ihm nach Düsseldorf und weiter.

_20

Als es an der Tür klingelt, schließe ich die Badezimmertür und rufe Katrine zu, sie solle die Tür aufmachen. Ich weiß: ich kann hier nicht ewig bleiben, aber wenigstens einen Moment.

Charly ist jetzt in der Küche oder im Wohnzimmer, Katrine sitzt immer so, dass sie die Tür im Blick hat, das heißt, Charly sitzt ihr gegenüber und kann die Tür nicht sehen. Ich kann mich ihm von hinten nähern.

Er hat noch immer lange, schwarze Zottelhaare, die ungekämmt vom Kopf abstehen. Ein einfaches Holzfällerhemd, eine blaue, abgetragene Jeans. Ich denke: das wird seine Kleidung für die Beerdigung sein und ich liebe es. Ich weiß: das ist der einzige Aufzug, den Sönke und ich zugelassen hätten.

Als er sich umdreht, sehe ich direkt in seine kleinen, wilden Augen, darüber die buschigen Augenbrauen, ein Kinnbart, auch sonst gewohnt schlecht rasiert. Ich habe lange überlegt, was für ein Gesicht ich machen soll, wenn wir uns wieder sehen, lächeln oder nicht, es geht schließlich nicht um uns, sondern um Sönke. Wieso sollten wir also lächeln. Aber Charly lächelt ganz selbstverständlich und da will ich ihm nicht nachstehen.

Ich stehe vor ihm, verlegen, und weiß nicht, was ich sagen soll, welche Bewegungen nun die richtigen sind. Ich will ihm die Hand geben und will es nicht. Ich sage: »Hi.« Er sagt: »Setz dich«, als wäre es sein Haus, in dem wir stehen. Er fragt, wie es geht, ich zucke die Schultern, sage: »Sönke ist tot.« Charly schüttelt den Kopf, sagt: »Natürlich, ich meine: und sonst?« – »Es geht«, sage ich, dann sage ich: »Kein und sonst: Sönke ist tot.« Ich finde es dumm von mir, ihm Vorhaltungen machen zu wollen, aber gesagt ist gesagt. Charly nickt.

Wir sitzen und wissen nicht, was wir reden sollen, schließlich habe ich gerade gesagt, dass ich über nichts als Sönke reden möchte. Und Sönke ist tot. Was sollen wir über den toten Sönke reden. Ich denke kurz daran, dass wir etwas essen könnten, dann finde ich auch diesen Gedanken abstoßend, aber ich ertrage es nicht, hier zu sitzen, nach all den Jahren, und nichts zu tun.

»Wann ist die Beerdigung?«, will Charly wissen. »Heute Nachmittag um siebzehn Uhr«, sage ich. Charly sieht auf die Uhr, »noch drei Stunden«, sagt er. »Wollen wir vorher noch zu Marit fahren, ich würde sie gern sehen.« – »Von mir aus«, antworte ich. Ich denke: ich würde ihn gern in den Arm nehmen, all die Jahre in einer einzigen Bewegung erdrücken, aber Körperlichkeiten gab es schon früher nicht zwischen uns, wo sollten sie nun so plötzlich hergekommen sein.

Katrine bleibt und wir setzen uns in seinen Wagen, wie selbstverständlich ist er es, der fährt. Dabei kennt er den Weg nicht einmal, er war ja nicht mehr hier, seit Sönke und Marit ihr Haus bezogen haben. Ich zeige ihm den Weg, wir fahren auch an seinem Elternhaus vorüber, das er, das ich und Sönke, nicht wieder betreten haben seit er weg ist. Charly wendet nicht einmal den Kopf danach.

Wir halten vor Sönkes Haus, steigen aus, Charly bleibt kurz stehen. Mit seinen schnellen Augen fährt er über den Garten, die Fassade, die Schuppen in Sönkes Garten, er geht vor mir und sucht die Tür, die im Hinterhof ist. Als er die immer unverschlossene Tür wie selbstverständlich öffnet, als wisse er, dass sie immer unverschlossen ist, steht Marit in T-Shirt und Unterhose im Flur. Sie fällt ihm in die Arme.

Er fragt nicht wie es geht. Er wartet. »Wie lange bleibst du?«, fragt sie. Charly dreht sich um zu mir, sieht mir in die Augen, lächelt vorsichtig, »wie lange ertragt ihr mich?« Ich zucke die Schultern, »bleib so lange du willst.« – »So lange ich will«, antwortet er Marit. Da lachen sie beide.

Wir setzen uns ins Wohnzimmer. Marit steht noch einmal auf, geht in die Küche, im Laufen zieht sie ihre Unterhose zurecht. Ihre Handbewegung ist bemerkenswert. Es könnte diese oder jede andere einzelne Kleinigkeit an Marit sein, die Sönke dazu gebracht hat, sich in sie zu verlieben. Sie nicht mit uns teilen zu wollen, eine exklusive Geschichte zu schreiben, ein separates Leben zu führen, das er vor mir geheim hielt, in dem er vielleicht ein ganz anderer war.

Marit kommt zurück mit drei Gläsern und einer Flasche Rum. Erst will ich den Kopf schütteln, dann sehe ich die Freude in Charlys Augen. Ich schüttele nicht den Kopf. Marit schenkt ein. Charly hat Recht: es ist gut. Wir haben etwas zu tun. Wir trinken. Wir reden nicht, bis Marit zu weinen beginnt. Charly nimmt sie in den Arm, setzt sich zu ihr auf das viel zu breite Sofa.

»Ich gehe nicht hin«, sagt Marit, »ich gehe nicht hin.« Marits lange, schöne Beine auf dem Sofa, die Knie fallen zu Charly. Irgendwann weint sie nicht mehr und Charlys Arm liegt noch immer um Marits Schultern. Er streicht mit der Hand durch ihr Gesicht, als sei es seine Frau.

»Erzähl mir von ihm«, sagt Charly. Dann passiert lange nichts, Marit schluckt zweimal so laut, dass ich es über den Couchtisch hinweg höre. »Wie war er als Mann?«, Charly lächelt und schüttelt Marit aufmunternd. Und wieder fällt Wasser aus Marits Kopf.

»Was soll das«, frage ich, »wenn es dich tatsächlich interessieren würde, wärst du vielleicht einfach mal vorbeigekommen. Jetzt fragst du die Witwe nach deinem besten Freund.«

Charly sieht mich an.

»Er war ein großartiger Mann«, sagt Marit, um zu beschwichtigen. Wen, das weiß ich nicht mit Sicherheit. Charly legt wie zum Dank seine Hand auf ihre wunderschönen Beine, als wäre seine Hand die von Sönke.

Er kommt nach zehn Jahren nach Hause und legt seine Hand auf das Bein der Frau seines toten besten Freundes, weiß nun, wie es sich anfühlt, wie ihre Augen sich verändern, weiß, was nur Sönke bisher wusste. Ich habe Marit nie berührt. Nie außerhalb dessen, was standardisiert ist: Begrüßungen, Umarmungen, Händeschütteln. Ich weiß nicht, was Sönke gefühlt hat.

Ich schenke Rum aus. Wir trinken. Ich bin wütend, schenke mehr Rum aus. Wir trinken. Marit und Charly sehen mich an, als ich nochmals Rum ausschenke, sagen nichts, trinken mit. Wir haben vergessen, dass es gleich Beerdigung gibt.

Marit steht auf, »lasst uns tanzen«, sagt sie. »Lasst uns tanzen, noch einmal.« Sie legt eine alte Platte auf, Stones. »Lasst uns tanzen, den Totentanz tanzen.« Sie lacht, ihre Brüste wippen hin und her unter ihrem T-Shirt, sie trägt keinen BH, wir sehen ihre Brüste, wie nur Sönke sie früher sah, an einem trägen Sonntagmorgen vielleicht oder nach der Mittagsstunde. Vielleicht gehört uns dieser Anblick auch, denke ich, vielleicht schickt Sönke uns diesen Anblick. Ein Gruß.

_21

Katrine holte uns noch eben rechtzeitig zur Beerdigung ab. Wortlos fuhr sie uns damals zur Kirche, lud uns aus wie kleine Kinder und wieder ein, danach, und fuhr uns, ohne dass einer darum gebeten hatte, wieder zu Sönke. Katrine war böse, sagte kein einziges Wort, lud uns aus, fuhr nach Hause. Sie wollte uns so nicht sehen. Sie war böse auf uns, weil wir dagestanden hatten auf Sönkes Beerdigung, wir drei, Marit, Charly und ich und nichts gesagt hatten, nur gekichert und nach Schnaps gestunken. Wir drei, Hand in Hand und eng beieinander und sie und die paar übrigen Gäste einzeln verstreut. Mir war das alles herzlich egal. Sollte sie böse sein. Sie würde es selbst bald einsehen: es gibt kein richtiges oder falsches Verhalten in einer solchen Situation. Es gelten keine Regeln, alles außer Kraft. Sönke hätte es verstanden, dass wir es nur betrunken an seinem Grab aushielten, dass wir uns an den Händen seiner Frau festhielten.

Also waren wir wieder unter uns. In Sönkes Haus. Und ich sah Marit. Ich weiß nicht, ob es daran lag, dass ich – ohne Sönke – sie zum ersten Mal tatsächlich für sich beachtete und nicht als seine Frau, oder ob es Marit war, die, berauscht, immer mehr ihrer kleinen Geheimnisse preisgab, die immer freizügiger wurde und nicht wählte, wem sie sich anvertraute, mir oder Charly.

Ich weiß nicht, wie es genau entstanden ist. Wir haben ja nicht aufgehört zu trinken. Wir haben getanzt und uns auf die Möbel geworfen und uns benommen, als seien wir fünfzehn Jahre jünger. Ich kann mich nicht genau erinnern.

Was ich weiß, ist: irgendwann war es ein Wettkampf zwischen uns, mir und Charly. Und ich wollte nicht der sein, der verliert. Nicht dieses Mal. Ich wusste, dass Charly Frauen haben konnte, wenn er wollte. Aber nicht diese. Nicht diese durfte er bekommen, weil diese Frau nicht seine Frau war, sondern Sönkes und er konnte nicht nach zehn Jahren kommen und all die Geheimnisse, die Sönke vor mir so mühsam versteckt hatte, an sich nehmen. Marit ging ihn nichts an oder wenigstens nicht mehr als mich. Charly durfte sie nicht einfach nehmen.

Ich weiß nicht, ob ich das alles tatsächlich gedacht habe, damals. Aber ich weiß, wie es war: dass wir sie anstarrten und aufsaugten in uns und keinen ihrer Blicke verschenken und ihr immer näher sein wollten als der andere. Wir suchten nach kleinen Siegen: hier und da ließ sie Körperkontakt zu und wir wollten wissen, wer wo zuerst seine Hand haben konnte. Ich wollte fühlen, was Sönke gefühlt hat. Und wir tranken ja immer weiter und so ernst der Wettkampf war, so gut verstanden wir uns jetzt, Charly und ich. Wir hatten etwas zu tun und wir tranken. So hat es immer geklappt mit uns.

Die Angst verflog. Wir stießen an und tranken Brüderschaft, wir fühlten uns nah und klatschten uns mit den Händen ab. Und Marits Stimme wurde leiser in unseren Ohren. Wir sahen Marit. Wir sahen sie in diesem Haus, mit all den Regalen und Aktenordner, zwischen all den Spuren, die Sönke hinterlassen hatte, all den Zetteln, Artikeln und Erinnerungen, und Marit war ein Teil dieser Hinterlassenschaft. Sie war Teil. Unbekannter Teil, geheimes Tagebuch, Sönkes letzte Geschichte. Sie war sein letztes Geheimnis. Sie war er, irgendwie. Das letzte Foto von Sönke, sein letzter Satz, sein längster Gedanke.

Als wir laut genug waren und Marit durch den Nebel kaum zu hören, fiel es leichter. Wir blätterten in ihr, sahen an und fühlten nach, was uns jetzt noch interessierte. Am Anfang lachte sie, dann sagte sie einige Male »nein« und sie verschränkte die Arme vor der Brust und drehte sich weg. Am Anfang, hat Charly ihre Beine halten müssen für mich. Aber später hat sie mitgemacht. Später hat sie verstanden, dass es nicht um sie ging und nicht um uns und nicht um irgendein dämliches Begehren. Ja, sie hat geweint danach. Aber sie hat es verstanden. Ich weiß es, sie hat uns noch zur Tür gebracht.

Man kann das alles nicht ohne Bezug zu Sönke sehen. Es gibt kein richtig oder falsch in einer solchen Situation. Es gelten nicht die bekannten Regeln. Denn alles was geschieht bezieht sich nicht auf das Leben, sondern auf den Teil, der gerade daraus verschwunden ist. Alles, was im Gedanken daran geschieht, kann doch keine Bedeutung für die Welt, das weitere Leben haben.

Ich weiß nicht, warum Katrine das nicht verstehen will. Sie geht, hat sie heut morgen gesagt.

Soweit kein ungewohntes Wort

Sechs Schubladen insgesamt. Links Stifte, Zeichenutensilien, Schere und Messer, rechts Papier, Briefumschläge und Heftchen, karierte, linierte und französisch linierte. In der Mitte: Pfeife, Tabak, Pfeifenreiniger, von allem eine beträchtliche Auswahl. Darüber ein Klappfach, in dem er die Dokumente aufbewahrte, Zeugnisse von Marie und mir, Geburtsurkunden, Impf- und Reisepässe, Meldebescheinigungen, den Trauschein; alles fein säuberlich sortiert und in Plastikmappen geheftet.

Unter der Arbeitsfläche ein Flügelklappfach, gehalten von zwei kleinen Magneten, geteilt von zwei Brettern in drei Kammern. Oben Briefe und Postkarten, darunter Steuererklärungen und Belege auf zwei Ebenen.

Er hat nichts mitgenommen.

Über seinem Schreibtisch, zentral, ein Foto seiner Mutter, oval gerahmt, wie aus einem Ei geschnitten. Auf der Ablagefläche darunter eine etwas seltsam anmutende Mischung kleiner, unnützer Dinge; einige Gläser, Skulpturen, ein ausgeblasenes Straußenei, vielleicht Erinnerungen, aber vor allem: Schüttelwelten, Schneekugeln, Mikrokosmen.

Ich werde über all das nachdenken müssen.

Links auf Höhe der Arbeitsfläche die Stereoanlage, rechts die Box. Das Band zu Ende, die Anlage eingeschaltet. Ich bin die erste in diesem Zimmer, sehe als erste den Teller auf der Box, ein Brot darauf, mit Käse. Seine Bissspuren noch im von der Wärme fettig glänzenden Käse. Davor drei Tassen mit Stiften darin. Eine seiner Eigenheiten: Mehr Stifte zu besitzen als man jemals würde leer schreiben können. Erst recht nicht, wenn man geht, bevor die Zeit um ist.

Man isst sein Brot auf, bevor man geht, denke ich und

streiche über die warmen Seiten seines Notizbuches, das offen auf der Arbeitsfläche liegt. Letzter Eintrag:

Sieben Pfund
Dazu ein Mund
Der lauthals schreien kann
Nicht dann und wann
Sondern lang und laut und in der Nacht
So wird in Zukunft manche Nacht zur Schlacht

Einer seiner tausend Reime für Hochzeiten, Geburtstage, Taufen. Nicht selten, erzählte er mir einmal stolz, erfahre er von einer Schwangerschaft noch vor dem Bräutigam.

Rechts neben dem Notizbuch der Füller, ohne Kappe, kopflos dahingeworfen, schwarz mit Goldrand, darin sich spiegelnd das Licht der Schreibtischlampe, die noch immer brennt. Man macht das Licht aus, bevor man geht. Selbst wenn man eilig geht.

Ich mache das Licht nicht aus, ich stelle das Käsebrot nicht weg, ich mache die Anlage nicht aus, ich blättere nicht im Notizbuch, ich schüttele keine seiner kleinen Welten. Ich traue mich nicht.

Ich stehe in seinem Zimmer, schaue mich vorsichtig um, als könnte die Anordnung der Bücher auf dem Boden, der geleerte Papierkorb, der Eierbecher auf dem Schreibtisch, seine zurückgelassene Intimität mir Aufschluss geben. Über irgendwas.

Ich lausche und rieche, als hätte er mir Klänge und Gerüche hinterlassen; suche in meinem Kopf, als hätte er zum Abschied Erinnerungen in Köpfe verteilt.

Ich stehe auf Zehenspitzen auf dem hässlichen Teppich, den sie zur Hochzeit bekommen haben; ich stehe da, atme mit offenem Mund, um seine Ruhe nicht zu stören. Um keinen seiner Klänge aus dem Raum zu treiben.

Sein Stuhl ist ordentlich unter den Tisch geschoben.

Das Käsebrot auf der Box, die Lampe an, das Buch aufgeschlagen und der Stuhl sorgsam am Tisch. Warum stellt man einen Stuhl sorgsam an den Tisch?

Er ist nicht aufgesprungen und weggerannt, sondern aufgestanden, Blick auf den Schreibtisch. Dann vielleicht der Gedanke, was noch zu tun sei: Anlage nicht mehr ausmachen, Käsebrot nicht mehr aufessen, nicht mehr auf Wiedersehen sagen. Schuhe, Jacke, dann das Türschloss. Ein letztes Mal stehen bleiben vor der eigenen Haustür und in den Himmel gucken.

Daheim soweit kein ungewohntes Wort. In keinem unserer Räume. Nur eine Stimme schwächer unser Gesang. Es ist nicht weiter schwierig: drei Teller statt vieren, drei Essbestecke, drei Gläser; der leere Stuhl für einen Gast, der irgendwann gekommen sein wird. Mutters spitzes, hartes Gesicht nicht weicher, nicht härter als an anderen Tagen, vorher.

Es ist Dienstag. Dienstags gibt es Rouladen, Kartoffelbrei und Rosenkohl. Es gibt noch immer Rouladen, drei nun, Rosenkohl und Brei. Ganz selbstverständlich: drei. Mutter teilt den Brei aus, mit der großen Lochkelle. Aus dem Topf über den Teller, die Kelle rast herunter, hält ruckartig an, der Brei springt auf den Teller, alles wie gehabt.

Marie möchte Nachschlag, alles wie gehabt. Mutter gibt keinen Nachschlag, nie gibt sie Nachschlag, »lieber schmeiße ich es weg«, sagt sie, »wenn du noch fetter wirst, Marie, bekommst du nie einen Mann.« Sie findet diese Worte normal, scheint es, auch jetzt noch. Unsere Blicke auf ihr sind so normal, dass sie nicht aufzublicken, sie sie nicht zu erwidern braucht. Alles wie gehabt.

Sie kaut so hart wie eh und je, mit den geschürzten Lippen, Blick auf die Tischmitte. Wenn ich aufhöre zu kauen, lausche, höre ich, wie ihre Zähne aufeinanderschlagen, fest, präzise. Ein zuverlässiges Mahlwerk.

Einen Platz am Tisch können wir ungedeckt lassen, denke

ich, als ich die Treppe hinaufsteige, ein Zimmer braucht man nicht mehr zu betreten, wir müssen auch nicht mehr über ihn reden, aber, denke ich, vielleicht war Vater mehr als nur ein Mann mit Geschirr an unserem Tisch, vielleicht mehr als nur ein Mann in seinem Zimmer und in unseren Unterhaltungen.

Jetzt, da ich ihn nicht mehr fragen kann, würde ich gern wissen, wie oft er seine Schneekugeln vom Schrank genommen, seiner Mutter zugelächelt und geübt hat, die kleine Plastikwelt durchzuschütteln.

Mutters Hund

_1

Nach der ersten Nacht mit der neuen Halskette war das zweite, was Jonas wie an jedem Morgen spürte, die Trockenheit in seinem Mund. Diese Trockenheit, die ihn jeden Morgen weckte. Nur heute nicht. Heute war es die neue Halskette gewesen, die Jonas zu eng war und ihm den Traum abgeschnürt hatte. Jonas lächelte. Er mochte es, überrascht zu werden.

Jonas Rachen war eine ausgedörrte Pfütze. Ein staubtrockener Ort, der sich in großen Rissen an eine feuchte Vergangenheit erinnerte.

Jonas sah zur Fensterbank. Er wollte eine gutgegossene Blume sein. Er wollte die Gießkanne ansetzen und in einem aussaufen, ohne ein einziges Mal zu schlucken.

Jonas widerstand dieser Lust, wie jeden Morgen.

Das war Teil der Absprache. Getränke nur kurz nach den Mahlzeiten.

Jonas blieb noch einen Augenblick in seinem Bett liegen, lauschte nach, ob dieser Tag dieselben Geräusche trug wie alle Tage vorher: Kirchenglocken aus der Ferne, zuweilen Autos von der Straße und jetzt, da der Frühling schon seinem Ende zuging, die unterschiedlichsten Vogelstimmen.

Jonas gähnte und die Haut auf seiner rechten Wange spannte unter dem getrockneten Speichel des Gutnachtkusses seiner Mutter.

Vor dem Waschbecken stehend, überlegte Jonas, ob er das ganze Gesicht waschen dürfe oder besser die rechte Wange aussparen sollte. Seine Mutter war eine alte Frau. Er war unsicher, ob es rechtens wäre, ihren Willen von seiner

Wange zu spülen. Ob er es nicht vielleicht im Nachhinein bereuen würde. Ob nicht vielleicht etwas fehlen würde.

Auf dem Tisch in der Küche stand die Schale mit den in Milch gekochten Haferflocken, daneben das kleine Gläschen mit Rosinen. Dahinter wartete ein großes Glas Milch. Jonas setzte sich.

Er schüttete die verschrumpelten, kleinen, braunen Bällchen in den weißen Schleim und begann zu rühren. Er wollte Wasser trinken und Brot essen. Jonas streckte den Rücken durch und wusste: Es ist gut so wie es ist. Er steckte den Zeigefinger zwischen Kette und Hals und versuchte sich Luft zu verschaffen.

Der Schleim brachte Jonas' trockenem Mund keine Erlösung an keinem Morgen, stillte nie seinen Durst, rutschte nur langsam, warm und zäh seine Speiseröhre herunter und bot vorher seinen Zähnen keinen Widerstand. Jonas wollte Cornflakes mit kalter Milch und eisgekühlte Cola.

Das faulige Zerplatzen der Rosinen zwischen seinen Zahnreihen wie Maden, die man zwischen den Fingern zerdrückt. Das Glas Milch noch in weiter Ferne.

Gegenüber unter der Spüle war Toto, der dicke alte Dackel seiner Mutter, mit einem Japsen erwacht und trottete benommen, einem ersten Reflex folgend, zu seinem Futternapf, verschmähte das klare Wasser in der randvoll gefüllten Schüssel daneben, und begann hastig ein paar Trockenfutterbällchen, die liebevoll mit Haferflocken und Pansen vermischt waren, zu verschlingen.

Das Glas Milch noch in weiter Ferne. Der Hund hatte Wasser und wollte keins. Jonas wollte Brötchen mit Frischkäse und Gurken und Radieschen in Scheiben darauf und Fruchtsäfte dazu. Jonas' Mutter kam aus einer anderen Zeit.

Jonas mochte gar keine Rosinen, da konnte seine Mutter einhundertmal sagen: »Die Rosinen sind von allem das Feinste.« Diese kleinen, weichen Maden, die süßlich im Mund zerplatzten, die sich anfühlten wie nachgebende

Eiterpickel. Jonas wollte essen, was man heute isst und nicht länger diesen Brei und er wollte Wasser trinken am Morgen und vor und während der Mahlzeiten. Wie der Hund es könnte.

Jonas drückte den Rücken durch, saß kerzengerade da, eben so, wie es gut ist für die Haltung. Er räusperte sich und wartete. Seine neue Halskette rutschte unangenehm auf seinem Adamsapfel hin und her.

_2

Jonas liebte Wörter und Sätze und kluge Gedanken. Jonas hatte Germanistik und Philosophie studiert und seit zwei Jahren war er Redakteur der *Neuen Revue*.

In der Redaktion trank man Kaffee. Den ganzen Tag tranken alle dort Kaffee, sie trafen sich in der kleinen Küche, kochten und tranken und plauderten und schleppten immerzu Tassen mit sich herum.

Morgens, wenn Jonas in die Redaktion kam, warteten sie alle nur darauf, dass die erste Maschine endlich durchgelaufen war und stellten sofort die nächste an. Als könne man ohne Kaffee nicht leben, nicht arbeiten. Sie tranken ihren Kaffee den ganzen Tag und schliefen vermutlich viel zu wenig. Tranken und gaben nicht Acht auf irgendwelche Regeln, tranken bevor und während sie aßen. Und immer Kaffee. Mit Milch oder ohne, manche mit Zucker oder Süßstoff, aber immer Kaffee.

Jonas saß in seinem Büro. Er hatte kein Bild seiner Mutter auf dem Schreibtisch und keines an der Wand, er hatte überhaupt keine Bilder an den Wänden. Seine Wände waren weiß. Sein Rücken war gerade, übergerade, sein Mund trocken, in seinem Bauch faulten die Rosinen.

Jonas hasste es, in der Redaktion zu sitzen, viel lieber wollte er von zu Hause arbeiten, wo niemand ihn störte. Wo nicht ständig die Tür aufging und jemand hereinkam und eine überflüssige Frage stellte. Wo nicht ständig geredet wurde.

Jonas hasste es, zu reden.

Er hasste Menschen, die ihn dazu brachten zu reden, die ihn dazu brachten, zwangen fast, mit ihren aufdringlichen Fragen, den Mund aufzumachen und das mühsam angesparte, endlich feuchte Klima dort zu stören, zu gefährden, der trockenen Sommerluft auszuliefern.

Wie lange hatte er gesessen und Speichel gesammelt, endlich genug Speichel um die Trockenheit mit Feuchtigkeit zu benetzen.

Ihre Fragen waren überflüssig, hatten nur den Nutzen, sich selbst zu hören, um zu wissen, dass man da war. Sollte Jonas dafür all das noch mal auf sich nehmen, sollte alles aufgeben und hinschmeißen, nur um ein paar unbedeutende Worte in sattgehörte Ohren zu werfen?

Wie jeden Tag schrieb Jonas Worte, die vielleicht in anderen Sätzen hätten glänzen können. Worte, die er in anderen Sätzen vielleicht gern gelesen hätte. Jonas verfasste Sätze, die einfach zu verstehen und schnell zu lesen waren. Die keine Zweifel ließen, keinen Witz hatten und keinen Stolz besaßen.

Es waren Sätze.

Jonas' Sätze leiteten Informationen, die Jonas für belanglos hielt, in Köpfe, die Jonas für minderbemittelt hielt. Das war seine Arbeit.

Jonas hielt sich an die Abmachungen. Kein Glas in seinem Büro, keine Flaschen. Nur der Durst in ihm drin. Die Trockenheit in seinem Mund, wie das Bild seiner Mutter, das auf dem Schreibtisch fehlte. Ihre Hand um seinen Hals.

Es war Mittwoch, es würde Kartoffeln geben zu Mittag und Bohnen mit Zwiebeln. Danach grünen Tee, eine Kanne für Jonas und seine Mutter.

Die Sonne schlug von hinten auf Jonas' Rücken und in den Monitor hinein, so dass Jonas sich spiegelte und sich besehen konnte. Er kam dem Bildschirm immer näher, der sich täglich aufs Neue mit Schund und hässlichen Sätzen füllte. Immer näher, bis er schließlich sein Gesicht erkennen konnte, das sich vor seinen hässlichen Worten spiegelte. Der Gutnachtkuss seiner Mutter unsichtbar, ein Glück.

Er hatte keinen Hunger, wenn er an die trockenen Kartoffeln dachte, und doch blieb ihm nichts, als an sie zu denken, wenn er Tee wollte. Denn sie waren die Pforte, durch die er musste, die trockene Wüste, die er in seinem Mund wälzen sollte, bis heißes Wasser dieses Feuer löschen sollte, bis heißes Wasser Erfrischung bringen sollte bis zum Abend. Bis der Adamsapfel sich beim Schlucken am engen Metall um seinen Hals wundrieb.

Er hörte das Geschnatter draußen und wie Tassen aneinanderstießen, als würden sie sich mit ihrem Kaffee zuprosten, diese Idioten. Wenn man trinken kann, was man möchte, wieso trinkt man dann Kaffee und nicht kaltes Wasser oder Fruchtsaft oder Eistee.

Er sackte noch ein Stück weiter nach vorne, bis die Stirn den Monitor berührte.

Jonas drückte seinen Rücken durch und räusperte sich. Räusperte sich. Fing an zu tippen. Noch knapp drei Stunden bis zum Anlassen des Wagens. Der Tee noch in weiter Ferne.

_3

Auf der Straße, draußen, vor der Tür zur Redaktion war es heiß und trocken. Ein Sommer wie eine Wand. Eine Hitze, die den Kopf zwischen die Schultern trieb, wie zwischen eine Werkbank, eine Hitze, die den Schweiß aus der Haut wie eine Hand den Saft aus einer Zitrone presste. Kein Wind, keine Regung. Nur Autos, Grillen und der ferne Straßenlärm.

Vorsichtig fuhr Jonas mit der Hand auf dem heißen Lack seines Wagens entlang. Er zog die Tür auf und ließ sich fallen in den Sitz, in die bullige, komprimierte, staubige Hitze. Im Gegenlicht sah er den aufgewirbelten Staub tanzen und taumeln. Es zog ihn innerlich zusammen, schien es. Die Halskette drückte.

Jonas ließ den Wagen an, die Fenster herunter, streckte seinen Rücken und atmete tief.

»Ich möchte diese Kette nicht tragen«, hatte Jonas gesagt.

»Dein Vater ist dir also ganz egal. Ich bin dir also ganz egal. Du verstehst nicht, um was es hier geht.«

So viel Liebe legte sich silbern um Jonas' Hals.

Jonas versuchte das Schloss zu öffnen, wollte etwas sagen und die Kette abnehmen.

Seine Mutter sah ihn aus aufgerissenen, wassernassen Augen an. »Meinst du, ich bringe keine Opfer? Meinst du, alles ist leicht und ein Spiel? Meinst du, es reicht, wenn immer nur einer zur Liebe beiträgt?«

»Mutter«, sagte Jonas. Der nackte Handrücken seiner alten Mutter sauste blitzschnell durch die Luft. Klatschte dann laut und frontal, eher ein Stoß denn ein Schlag, auf die Nase. Sofort troff es in zwei roten Rinnsälen von Jonas' Gesicht auf seinen grauen Boss-Anzug herab.

Auf die Nase, immer auf die Nase. »Es tut mir leid, ich hab dich so lieb, komm her.« Eine enge, eine feste Umarmung. »Mutter, mein Blut, ich schmier dich doch voll.« – »Ach, ach, mein Kleiner. Dein Blut ist mein Blut.« Und sie küsste ihm die Stirn und seinen Mund. Mit spitzen, harten Lippen, ledrig und alt.

Und endlich also sah der Hund in der Ecke der Küche einen Anlass, sich zu erheben. Stand auf und trottete langsam, langsam auf Jonas zu. Stellte sich neben die schluchzende Mutter und begann, das Blut vom Boden und von Jonas' Hosenbein zu lecken.

Mutters Hund, der meine Wunden leckt, dachte Jonas und fühlte das Beben seiner Mutter, die ihm wie eine zweite Kette um den Hals lag.

Manchmal, das gab Jonas gerne zu, auch jetzt, wie er hier in der Hitze seines Wagens saß und schwitzte und das Wasser sehen konnte, wie es sich aus seinem trockenen Körper wand, wünschte er seiner Mutter die Pest an den Hals. Bis er sich vor sich selbst erschreckte und über Worte nachdachte, die schöne Sätze tragen konnten. Das ist ganz normal, sagte Jonas sich, es ist ganz normal. Aggressionen hat jeder in sich, es gilt, sie zu beherrschen.

Dann stellte er sich vor, wie Hiebe im Gesicht seiner Mutter landeten und sich seine Finger kneifend ins Fleisch der alten Frau drehten und blaue, schwarze Flecken hinterließen. Das ist normal. Das ist normal. Dann baute Jonas Sätze in seinem Kopf, die er einmal aufschreiben würde und lächelte und fuhr weiter.

Als Jonas den Schlüssel in der Haustür drehte und aus dem sonnenhellen Tag lichtblind in den dunklen Flur trat, bekam er einen Riesenschreck. Toto, der dicke Dackel, der sich nie bewegte, stand hechelnd und schwanzwedelnd zu einer Zeit im Flur, in der man ihn für gewöhnlich nur schnarchen hören konnte. Der Hund schien nervös. Aufgeregt irgendwie.

Etwas war anders an diesem Tag.

_4

Jonas zog sich die Schuhe aus und ging in die Küche. Er stolperte fast über seine Mutter, die sich auf den Küchenboden gelegt hatte. Auf den Rücken, die Augen offen. Sie hatte aufgehört zu reden. Offenbar mitten im Wort, den Mund noch leicht geöffnet.

»Was soll das Mutter, warum liegst du hier? Steh auf«, sagte Jonas, »du bringst den Hund ganz durcheinander. Er stand im Flur rum und hat mit dem Schwanz gewedelt. Zu Mittag.«

Die Wohnung wie leer. Keine Geräusche. Keine Antwort auf keine der Fragen. Es gab keinen Plan für einen Fall wie diesen: dass sich eine Mutter einfach auf den Boden legt und nicht mehr antwortet.

Stumm und ohne einen Gedanken lief Jonas durch die Küche, stieg über seine Mutter, sah ihr nicht in die Augen und lief weiter, in sein Zimmer, in das seiner Mutter, trottete durch das Wohnzimmer. In ihm drin der Durst. Die Trockenheit im Mund.

Er setzte sich auf sein Bett und starrte auf die weiße Wand ihm gegenüber. Dann beugte er sich vor und griff unter das Bett, holte einen alten Schuhkarton hervor, in dem sein alter Fotoapparat lag. Er nahm ihn heraus und legte einen Film ein und stand wieder auf und machte ein Foto von der Kuhle, die er in seinem Bett hinterlassen hatte. Er drehte sich um und machte noch ein Foto. Vom Licht, das in sein Zimmer fiel und als reine Helligkeit auf dem Weiß seiner Wände endete. Er lief den Weg durch die Wohnung, den er gekommen war, zurück. Hielt sich lange in den Zimmern auf, in jedem Zimmer, machte Fotos vom Zustand der Dinge, von der Ordnung, die sein Leben und das seiner Mutter hinterließen in der Welt. Belegte seine Spuren.

Als er in dem wie unbewohnten Zimmer seiner Mutter stand und nach einem Fiepen in seinem Ohr lauschte aus Langeweile an der Tonlosigkeit dieses Raumes, entdeckte Jonas auf dem Schreibtisch ein kleines Stück Papier, das anderes verriet: der Notizzettel seiner Mutter, ihre Liste mit den Dingen, die sie erledigen wollte heute.

Er las es sich in den Kopf, was dort stand: Fenster, Küche, Kochen, Redezeit, Toto.

Er drehte sich um und wollte in die Küche. Doch er

erschreckte sich, als er umfuhr. Toto stand in der Tür und sah Jonas angestrengt und lautlos hechelnd zu. Aus seinen dicklichen, hervortretenden Augen, die aussahen, wie die seiner Mutter unter ihrer dicken Lesebrille.

Jonas beschloss, sich nicht ertappt zu fühlen, und stieß den dicken Hund beiseite und eilte in die Küche und stieg wieder über seine Mutter und kniete sich neben sie und hielt ihr den Zettel mit ihrer Liste unter die Nase und sagte: »Steh auf, Mutter, du kannst hier nicht so liegen, du bist doch noch gar nicht fertig, da steht kein Essen auf dem Tisch, die Fenster hast du nicht geputzt. Steh auf, steh endlich auf.« Die Kette schnitt sich in seinen Hals, »steh auf, Mutter«, und er kniff ihr probehalber mit den Fingernägeln von Daumen und Zeigefinger ein winziges Stück Haut aus ihrem Unterarm.

_5

Das enge Oberteil seiner Mutter, er zog es hoch, ein wenig nur, am Oberam, so dass es viele kleine Falten warf, aus denen er eine Große schuf, einen Überschlag formte, den er über die Spitze der Rückenlehne des Stuhls, auf den er seine Mutter gesetzt hatte, stülpen konnte. So hielt sie sich aufrecht, den Blick starr nach vorn. Noch immer ohne Wort.

»Und«, sagte er und wollte ihr die alten Ohren herumdrehen, um endlich eine Regung zu erfahren, »wann gedenkst du, diese Albernheiten aufzugeben? Ich habe die Liste gefunden, ich weiß, dass du noch nicht fertig bist. Ich hingegen bin fertig, habe meine Arbeit erledigt. Und du liegst hier herum und ruhst dich aus und spielst alberne Spiele. Du hältst dich nicht an die Abmachungen.« Jonas' Mutter blieb hart. Ihr Blick löste sich nicht von irgendetwas. Irgendetwas, das ein Stück weiter weg war als alles, was Jonas kannte.

Jonas stand auf, stand und ließ sich auf die Knie fallen, schaute seiner Mutter ins Gesicht, bückte sich über die Wasserschüssel des Hundes, hob sie nur wenig an und trank die Schüssel leer.

Jonas dachte, seine Mutter solle nun ruhig auch nur irgendetwas von sich geben, immer würde er Recht behalten: sie hatte sich nicht an die Abmachung gehalten, so brauchte auch er dies nicht weiter zu tun. Er stand auf, den Rücken noch immer zur Mutter gewandt. Er lächelte und dachte: ich bin so frei wie der Hund. Ich kann saufen, wann ich will. Dann drehte er sich um.

_6

Jonas faltete das Papier scharf, zog die Falz durch seine Fingernägel nach, wie um eine exakte Kante zu schaffen. »Dann bleibe ich eben hier und helfe dir.«

Jonas sah auf die Liste. Sah in die Ecke zu dem dicken Dackel Toto, der seinen plötzlich lebhaften Blick auf Jonas geheftet zu haben schien. Er sah sich um und schließlich seine Mutter an. »Nichts, gar nichts hast du gemacht.« Jonas dachte, dass er jetzt schimpfen könnte. Nichts war so, wie es gehörte und das war nicht seine Schuld. Jonas fühlte sich frei und erwachsen. Kartoffeln, Bohnen, Zwiebeln. Jonas fing an zu kochen und putzte, um Zeit zu sparen, währenddessen die Fenster und als das Essen fertig war, deckte er den Tisch für seine Mutter und sich selbst.

Seine Mutter rührte das Essen nicht an. Jonas trank kaltes Wasser und sah ihr herausfordernd ins Gesicht. Neben ihm hatte sich der Hund niedergelassen. Saß da, den Kopf gehoben und sah Jonas zu, wie dieser mit einem Mal die Kontrolle in der Küche übernommen hatte.

Jonas deckte ab und räumte die Küche auf. Mit eiligen Schritten zeichnete er Spuren auf die Fliesen, die der Hund langsam, langsam nachlief, abarbeitete, nachroch. Den Blick weiter auf Jonas geheftet. Ohne Geräusch. Nur Hecheln und die dicken, stummen Lesebrillenaugen. Mutters Hund. Der nicht verstand, was hier passierte. Mutters Hund, der wahrscheinlich immer noch dachte, alles sei beim Alten. Der nicht verstehen konnte: hier vollzog sich ein Wandel.

Heute war es Jonas, der bestimmte, wann Fenster geputzt wurden, es war Jonas, der bestimmte, wann die Kartoffeln gar waren und was es nach dem Essen zu Trinken geben sollte. Es war Jonas, der den Tisch deckte und es wird Jonas sein, dachte Jonas, der das Fernsehprogramm auswählt. Heute keine *Redezeit*.

Nur der Hund verstand es noch nicht. Stand nur dumm da, wie sein ganzes, dummes Hundeleben lang und guckte aus zu dicken Augen in eine Welt, von der er nur verstand, wo er schlafen, fressen, pissen konnte.

Jonas war schnell und bald waren Küche und Fenster geputzt, es war gekocht und gegessen. Er setzte sich vor den Fernseher, schaltete ihn ein und sah die *Redezeit*. Er schaltete hin und her und nichts gefiel ihm.

Jonas schaltete zurück zur *Redezeit* und dachte nichts und stellte den Ton immer lauter, vielleicht, damit seine Mutter mithören konnte oder irgendwann sich umdrehen und mitgucken würde. Krachend brach der Ton aus den kleinen Lautsprechern. Der Strich auf dem Bildschirm am rechten Rand.

Der Hund bellte. Wie zum ersten Mal in seinem Leben. Wie zum ersten Mal in Jonas' Leben. Vielleicht erschreckten sie sich beide über den ungewohnten Ton. Nur Jonas' Mutter blieb seelenruhig sitzen an ihrem alten Platz.

Es war Jonas, der jetzt bestimmte, wie laut der Fernseher sein durfte, Jonas, der entschied, wann Toto pissen und schlafen sollte.

Jonas nahm die Leine, zog sich Schuhe an, rief Toto. Der dumme Dackel reagierte nicht, als seien Jonas' Worte für den Hund weniger wichtig als die seiner Mutter. Als hörte ihn niemand in diesem Haus.

Er rief noch einmal und Toto tat weiter, als verstünde er nicht. Jonas nahm die Leine von der Linken in die Rechte und stach mit Schritten wie Spatenstiche in die Küche, stieß seiner Mutter im Vorbeigehen den Kopf und griff in Totos Halsband, dass der Hund endlich Grund zum Hecheln bekam. Die Leine schnappte zu und verband Hund und Jonas in rotem Leder.

Jonas schritt los, doch Toto sträubte sich, mit dieser schlechten Kopie eines Frauchens mitzugehen, einem Ewigfremden.

Und Jonas zerrte wütend, dachte an die leisen Worte seiner Mutter, denen dieser Hund gehorchte, langsam zwar, jedoch bedingungslos. Es musste irgendwelche Befehle geben, um diesen Hund zu dirigieren. Es musste Regeln geben.

Jonas räusperte sich und rief: »Lauf!« Er räusperte sich und rief: »Geh! Lauf! Los!« Und Toto sah nicht einmal hoch zu Jonas, beharrte einfach auf seinem Recht und tat, als wäre es Jonas, der zu gehorchen hätte. Der sich zu bücken hätte, wenn er mit dem Hund reden wollte.

Der Hund verstand nicht, wer die Kontrolle hatte. War einfach zu dumm, zu verstehen, was sich geändert hatte. Mutter hatte aufgehört vernünftig zu sein, hatte sich einfach hingelegt und Jonas das Zepter des Erwachsenen übergeben. Sein Vater hatte diese enge Kette getragen, dann seine Mutter und nun schließlich er selbst, Jonas. Nicht umsonst.

Wie aber sollte man dem Hund davon erzählen? Der sah nur die Mutter, die an ihrem Tisch saß und einen anderen, der ihre Bewegungen ausführte. Als hätte sich der eine Mensch in zwei aufgespaltet, sich selbst die Arbeit aufgeteilt. Und der Hund verstand noch weniger: bockte einfach, folgte Jonas nicht, um die andere Hälfte Mensch, die vertraute, nicht zurücklassen zu müssen und allein zu sein.

Er lief nicht los und Jonas zog an der Leine, zog an dem trägen Hund, der weder folgte noch sich sträubte, der einfach ignorierte und leugnete, zog ihn durch Flur und Haustür. Der Hund, der tat, als würde niemand ihn durch den Vorgarten ziehen; der tat, als stünde er noch immer in der Küche. Ein Hund, der einen Menschen verleugnet – dazu ist dieser Hund zu dumm, dachte Jonas und zerrte, bis der Hund es nicht weiter verleugnen konnte und nach Luft japsen musste und mit diesem Japsen endlich zugab, dass Jonas da war, dass Jonas der war, der ihn zerrte und ihm eine Richtung verpasste, der ihm das Schlafen und das Scheißen diktierte, der diesen fetten Dackel verhungern lassen könnte, wenn er wollte. Der Hund, der japsend zugab, dass Jonas der Chef war.

_7

Als Jonas die Tür hinter sich ins Schloss zog und den Schlüssel drehte, wusste er, dass nun, nach dem Spaziergang, alles erledigt war. Abendbrot mit der stummen Mutter und der dicke Dackel in der Ecke.

Jonas hielt den Hund noch immer am roten Leder. Stellte sich neben seine Mutter und fragte: »Mutter, also: wer hat wohl das Sagen, ich oder der Hund? Sag es nur, wenn der Hund es ist.«

Seine Mutter sagte nichts, zuckte nicht, zauberte einzig ein Lächeln unter Jonas' Nase.

»Dann hast du sicher nichts dagegen, wenn ich ihm beibringe, zu gehorchen. Dem alten Hund.«

Und Jonas zog das rote Leder durch die Wohnung, wickelte es mitsamt Hund am Fernsehtischchen fest. Dann stellte er den Fernseher an, sprang wütend in den Kanälen und schob das Lautstärkestrichlein langsam von links nach rechts.

Jonas löste das rote Leder und der Hund blickte hoffnungsvoll und hob den Schwanz, um damit zu wedeln. Jonas hatte für diese müde Hoffnung nicht mehr als ein altes Lächeln über und zog das Leder enger, so eng, dass der Dackel seitlich stehen oder den Kopf heben oder senken musste, um dem direkten Gebrüll des Lautsprechers zu entkommen.

Jonas wollte das Bellen noch einmal hören und ihm dann auf die Schnauze hauen. Keiner bellte ohne Jonas' Erlaubnis. Er schob den Strich nach rechts. Toto suchte den größtmöglichen Abstand zwischen Ohr und Fernseher, der krachte und schrie.

Jonas stand auf und ging in die Küche, nahm ein Glas aus dem Schrank, füllte es mit Wasser und trank es in einem Zug aus. Er dachte nichts und sah dem Hund in seine weinerlichen, der Mutter gestohlenen Lesebrillenaugen, die noch immer ihn fixierten. Jonas fühlte ein Prickeln in seinem Rücken und trank noch ein Glas. Er trank noch ein Glas und fühlte sich wie Wasser. Der Hund fühlt sich wie Ton, dachte Jonas und lachte und stellte das Glas ab und musste sich kurz halten, an der Wand, um nicht wegzufließen. Er ging zurück zum Fernseher und schaltete hin und her, in einem festen Takt, zu dem der Hund einen schüchternen Tanz aufführte.

Bald hatte er genug und schaltete den Fernseher aus und ein Fiepen war im Raum. Diese Art laute Stille, die jeder kennt, auch der Hund. Jonas band den Hund los und nahm ihn mit sich. Zog ihn durch alle Zimmer, hin und her, immer wieder, bis der Hund japste und nach Luft schnappte und weiter noch, bis der Hund sich fallen und sich über den Boden schleifen ließ. Und weiter noch, um dem Hund sein Reich zu zeigen. »Überall hier wohne ich«, sagte Jonas ohne ein Kratzen in der Stimme, »überall hier gehorchst du mir, überall hier. Mein Zepter ist das rote Leder.«

Und als Jonas fertig war und stehen blieb in dem Schlafzimmer seiner Mutter und gegen ihre Wand starrte, war der Hund in seinem Rücken ohnmächtig geworden und der Teppich hatte ein Loch in sein altes Fell geschliffen und eine Wunde in sein fettes Fleisch geschürft.

Jonas atmete tief und laut und drehte sich um, stolperte fast über den Haufen Hund dort unten. Er ließ ihn liegen und ging Abendbrot essen mit seiner stummen Mutter.

Jonas aß Salat und trank Wasser. Ihm war schwindelig vor Flüssigkeit und er genoss die Stille, genoss es, nicht das Kauen der Mutter, nicht das Ächzen ihres Bestecks hören zu müssen.

Als Jonas aufgegessen hatte und sich zurücklehnte und noch ein Glas Wasser trank, da hörte er, dass irgendetwas hinter ihm war. Toto stand in der Tür und blickte ängstlich in die Küche. Sein Atem rasselte leise. Er traute sich nicht hinein. Jonas lächelte seiner Mutter zu und rief: »Toto, komm!«

Jonas blickte weiter seine Mutter an, drehte nicht den Kopf und rief noch einmal: »Komm, Toto! Hierher!« Er zeigte mit dem Finger auf den Fleck Fußboden neben seinem Stuhl und zählte im Kopf die eigenen Atemzüge.

Dann schob er den Stuhl leise mit den Kniekehlen nach hinten, stand langsam auf und sprang mit einem plötzlichen Satz in die Tür, dass der Hund vor Schreck jaulte. Worauf ihm unverzüglich Jonas' Knochenhand auf die Schauze krachte. Niemand jaulte ohne Jonas' Erlaubnis.

Von oben, dachte Jonas, passen sie wirklich gut zusammen, Mutter und der Dackel, haben dieselbe lange, spitze Nase, die die fetten Augen balanciert.

Jonas drückte den Kopf des Hundes mit der Rechten an die Wand und sprach direkt in sein Ohr. »Warum blamierst du mich vor Mutter? Warum kommst du nicht, wenn ich dich rufe? Warum muss ich dir noch einmal erklären, dass ich der Chef bin? Du dummer Hund. Wir machen es noch einmal. Das ist unsere Verabredung. Wir machen es noch einmal: ich gehe in die Küche und gebe dir eine zweite Chance, rufe dich noch einmal und du wirst kommen und wenn du nicht kommst, brech ich dir die Beine, damit du eine Ausrede hast, dass du nicht kommst.«

»Verstehst du«, schrie Jonas und öffnete das Silbermaul des roten Leders, ließ den Hund stehen und ging in die Küche, stellte sich neben seine Mutter. Er legte die Hand auf ihre Schulter und sagte: »Sieh gut zu, Mutter, jetzt gehorcht Toto auch mir.« Und er rief ihn und wartete. Toto kam nicht und Jonas hörte nichts. Er fühlte, wie heiß ihm wurde und er hätte dieses Feuer gern mit Wasser gelöscht. Er rief noch einmal und wieder regte sich nichts und Jonas zog den Mund vor Wut zusammen und zerdrückte fast die Schulter seiner alten Mutter. Er drehte sich um und nahm den Fleischklopfer aus dem Schrank und rannte zur Tür.

Toto war verschwunden. War weg. Jonas lief alle Zimmer ab, nirgendwo war der Hund zu sehen. So viel Intelligenz auf einmal, wo sollte die herkommen? Ein Hund, der eine einfache Abmachung nicht versteht, sich aber versteckt, aus Angst vor der Konsequenz der Nichteinhaltung der Abmachung.

Jonas brannte und seine Stirn kochte. Jonas war wütend und traurig, dass der Hund ihn so bloßstellte, ihm so offen zeigte, dass man nicht regieren kann, wenn keiner macht, was man sagt. Dass der Hund tat, als sei er klüger als der Mensch.

Seine Schritte bebten auf dem Boden. »Ich möchte nicht in deiner Haut stecken«, schrie Jonas und drückte das Holz in seiner Hand, dass es ihm Adern auf den Unterarm trieb. Jonas fluchte laut und spuckte dabei. Er sah unter das Bett und hinter die Couch, er guckte in Nischen und hinter Vorsprünge. Der Hund war nicht unter dem Tisch oder einem Stuhl, hinter keiner Pflanze und keiner Tür. Der Hund war verschwunden.

»Nicht einmal an die Abmachung nach der Abmachung hältst du dich«, schrie Jonas, »wie soll man da zusammenleben, wenn gar nichts funktioniert. Ich mach dich fertig, wenn ich dich kriege, ich lasse mir nicht alles gefallen.«

Jonas ging ins Wohnzimmer und stellte den Fernseher an, drehte den Ton voll auf, ging in sein Zimmer, machte die Anlage an, drehte sie voll auf und schlug mit dem Holz gegen Regale und Wände und schrie nach Toto. Er schrie und hüpfte durch die Wohnung und spürte eine Lust in sich aufsteigen, eine Kraft. Er hatte keine Angst und wusste, dass ein anderer Angst hatte. Er wusste, dass er der Stärkere war. Er brüllte und schrie. Es klingelte an der Tür. Jonas zog seinen Pullover aus. Er trat gegen Kommoden und Schränke, gegen Sessel und Lampen, stieß Körbe um. Und plötzlich wusste er, wo Toto stecken musste.

Er ging ins Bad und fand den Hund zitternd vor Angst und Verwirrung in der Dusche hinter dem Vorhang. Es klingelte wieder, Jonas hatte keinen Platz in seinen Ohren. Mit einem Hieb brach er dem Hund den Rücken. Mit dem zweiten traf er ein paar Rippen, die sich zerbrochen von innen durch die Haut an die Sonne fraßen. Der dritte Schlag zerteilte wie versprochen die Vorderbeine.

Jonas stellte sich aufrecht hin und stellte das Wasser an, das weiß das Bad betrat und rot aus ihm verschwand. Jonas dachte nicht nach, hielt nur den offenen Mund in den Schauer und ließ sich ein wenig nassregnen. Nicht ganz so nass wie den Hund, der noch immer leise winselte.

Als Jonas den verkrümmten Hund auf dem Duschboden sah und sich sein Wimmern endlich in Jonas' Ohr gewagt hatte, tat es ihm leid, was er dort angestellt hatte. Er beugte sich vor, streichelte den Hund über den Kopf und schlug ihm aus Mitleid noch den Schädel ein. Den eigenen legte er auf den Schoß seiner Mutter und weinte. Seine Mutter legte die Hände nicht wie sonst auf seinen Kopf und sagte nichts.

Letzte Wünsche

Früher hat Marlon Nächte in den Krebsfingern seines Vaters verbracht. Hat nicht geschlafen dann, nur da gelegen und die Zeit gezählt. Denn jeder Moment war kostbar, jeder Moment mit diesem Vater, dem die Knochen im Bett brachen. Marlon hatte Angst in diesen Nächten. Er hatte Angst, seinem Vater im Schlaf die hohlen Knochen zu zerdrücken. Er wollte hier nicht liegen, aber er musste. Letzte Wünsche sind die Wünsche, die in Erfüllung gehen sollen.

Marlon kann sich nicht vorstellen, dass, was er hier tut, einem erwachsenen Menschen angemessen ist. Er schiebt den weißen Bart beiseite, um besser atmen zu können. Er stellt sich vor, dass eben noch seine Hände nicht wie jetzt an seiner eigenen Hose herumzerrten, sondern kleinen Kindern auf seinen Schoß halfen, sie dort fest hielten, die kleine Hüfte fest umklammert und den Oberschenkel abtastend.

Er muss sich beeilen. Es fällt auf, wenn er zu lange weg bleibt. Deshalb drückt er seinen Schwanz mit dem linken Daumen und Zeigefinger an der Wurzel fest zusammen und reibt eifrig mit der Rechten seine Eichel. So kann das Blut nur in eine Richtung fließen.

Trotzdem wird er nicht hart. Marlon kann sich nicht konzentrieren. Ständig muss er daran denken, wie lächerlich er aussehen muss. Was für ein krankes Bild er abgeben würde, wenn jemand sehen könnte, wie er hier steht: das lächerliche rote Gewand, die Weihnachtsmannmütze auf dem Kopf, auf einer öffentlichen Kaufhaustoilette, den zweiundfünfzig Jahre alten, schlaffen Schwanz in zwei Händen, angestrengter Blick, roter Kopf und das Bemühen, nicht laut zu atmen.

Marlon findet einfach kein Bild, an dem er sich festhalten

kann, das ihm ihn aufrichten könnte. Nur dieses hässliche Selbstbildnis schwirrt vor seinen Augen. Er versucht es noch einmal, stellt sich die Auszubildende von der Kasse im zweiten Stock vor, die seit einer Woche schlechte Witze über Marlons dämliches Weihnachtsmannkostüm und seinen großen Sack macht. Ist das nicht eigentlich ein Studentenjob, hat sie gefragt. Sie heißt Nina und Marlon lacht über ihre Witze nur, weil er sich weiter mit ihr unterhalten will, sich dabei vorstellen will, wie er dieses kleine, dumme Ding zum Schweigen bringen würde, wenn sie ihn nur ließe. Er achtet besonders auf ihre Lippen, wenn sie spricht. Und lacht. Und trinkt. Sich öffnen und schließen.

Bedenklich findet Marlon nicht, dass er ihr Vater, sondern dass sie seine Tochter sein könnte.

Eben, als er noch da gesessen, Kinder auf seinen Schoß geschaufelt und Müttern beim Einkaufen zugesehen hat, da war Marlon sich sicher gewesen, dass es klappen würde. Er hatte das alte Prickeln gefühlt.

Aber jetzt geht nichts. Jetzt steht nichts. Selbst vor den eigenen Händen gibt er sich nun schon die Blöße. Vor diesen Händen, die eben noch Kinderhintern gestreichelt haben und es gleich wieder tun werden.

Über ihre Gesichter wird er streichen, nachdem sie ihre Gedichte aufgesagt haben und artig lächelnd da stehen. Und er wird sich nicht die Hände waschen. Er wird das kleine Geheimnis der Toilette auf hundert Gesichter verteilen. Mütter werden es von Kinderwangen küssen und Omas werden es herunterstreichen mit Händen, die später Weihnachtskekse für die ganze Familie backen. Unsichtbar wird Marlon Duftmarken in der ganzen Stadt setzen, sein Revier markieren, sein Gebiet abstecken.

Marlons Mutter hat nicht geweint. Nie geweint. Hat immer ein Lächeln gefangen gehalten zwischen zwei Punkten, die nicht weiter außen lagen als die eigenen Nasenflügel. Verkniffen, unterdrückt, zurückgehalten. Leben verwalten. Pläne aufstellen. Nie die Kontrolle verlieren. Alles ist nachweisbar.

Marlon hatte seine Mutter lieb. Und er hatte sie noch lieber, als sein Vater in sich zusammengefallen und vergraben war. Da war so viel Liebe übrig, mit der Marlon nicht wusste, wohin. Und so gab er sie seiner Mutter. Sie lächelte. Aber nicht breiter als sonst.

Statt sechs falteten sich nun vier Hände zum Gebet, am Abend, am Morgen und zu Mittag. Vielleicht war das der einzige Unterschied. Und der leichte, fremde Glanz in den Augen der Mutter für einige Wochen. Vater ist bei uns, wenn wir ihn brauchen. Dann kommt er zu uns, in Gedanken. Es wurde zu einer Antwort auf jede Frage.

Marlon liebte seine Mutter so sehr, dass er Angst um sie bekam, wenn er nicht bei ihr war. Er nahm sich vor, immer an seine Mutter zu denken, wenn er nicht bei ihr sein konnte. So konnte er ihr nah sein. Und irgendwann fühlte er: Alles geht gut, wenn ich an sie denke. Und er wusste: Immer soll ich an sie denken, denn wenn nicht, dann schwebt sie in Gefahr, ist auf sich allein gestellt. Unbeschützt. Ausgeliefert. Marlon verbot sich, nicht an seine Mutter zu denken. Nur um sicher zu gehen. Nicht, dass er sich später Vorwürfe machen müsste. Wenn er dann allein wäre auf dieser Welt.

Wenn er sich dabei ertappte, nicht an sie zu denken, bestrafte er sich: aß kein Abendbrot, durfte drei Tage keine Musik hören, legte eine Rasierklinge in seinen Schuh.

Marlon wusste, was Liebe bedeutet.

Da hat Marlon, der auf dem Kaufhausklo im Weihnachtsmannkostüm wichsend über Weihnachtsgebäck mit den Spuren seiner Genitalien darin nachdenkt, plötzlich einen prächtig harten Schwanz in der Hand.

Er findet sich pervers. Dass er bei solchen Gedanken geil wird und nicht, wenn er in Gedanken die kleine Kassiererin fickt.

Marlon ist zweiundfünfzig und hat noch nie eine Frau gefickt. Wohl mal eine Muschi gesehen, auch den Finger hineingesteckt, aber wenn es ernst wurde, dann wurde Marlon einfach nicht hart. Er zog den Schwanz ein. So sah er das.

Jeder Mann wird hart, wenn er in Gedanken ein junges, dummes Ding durchfickt, denkt Marlon, warum nicht ich, und Marlon spürt schon, wie er wieder weich wird vor lauter Denken.

Wütend schiebt Marlon diesen lauen Gedankenbrei beiseite und denkt an Nina und daran, wie er sich gleich in die Hand spritzen wird und sich nicht die Hände waschen wird. Höchstens abstreifen, nicht waschen, denkt Marlon und muss schmunzeln.

Es gibt nichts Schlimmeres, als wenn eine Liebe geschieden wird. Aber Marlon hatte keine Schuld. Er war bei ihr, als sie starb. Hielt ihre Hand. Das war vor vier Jahren. Ihr fraß es die viel zu hohe Stimme weg. Der Krebs ist eine Familienkrankheit.

Marlon wohnte nun allein in der großen Wohnung. Doch Marlon war nicht allein. Ein Mensch stirbt erst, wenn niemand mehr an ihn denkt. Und Marlons Eltern waren nicht tot, nur umgezogen: in Marlons Kopf. Hier konnten sie endlich alles sehen. Alles überprüfen. Verwalten. Gedanken lesen. In Träume kriechen. Kommen und gehen und sich niemals blicken lassen.

Du bist ein Abgesandter des Festes der Liebe, sagt sich Marlon und dreht sich um und lauscht, weil er sich nicht sicher ist, ob er es laut oder leise gesagt hat. Du kannst dich nicht in diesem Gewand, und während der Arbeitszeit, in der du den höchsten unserer Feiertage und die Nächstenliebe repräsentierst, auf ein Klo stellen, dir in die Hand wichsen und dein Sperma in fremde Gesichter schmieren.

Du bist pervers, Marlon. Du bist krank. Du bist kein Kind mehr, du bist ein alter Mann. Alte Männer wichsen nicht. Nicht auf Kaufhaustoiletten und auch sonst nicht. Du siehst ja, wie deine schrumpelige Wurst dich hängen lässt. Das ist gegen die Natur. Gegen das Gesetz. Das ist keine Liebe, Marlon. Ein Mann in deinem Alter sollte keinen Sex mehr wollen. Er sollte sich im schlimmsten Falle eine kleine Kassiererin vorstellen und am Abend zu Hause seine Frau küssen. Küssen, nicht ficken. Nicht mehr in diesem Alter, Marlon. Du bist krank.

Der Pisser zwischen deinen Beinen würde nicht stören, wenn der Sack nicht wäre. Alle deine kranken Gedanken sammeln sich in diesem Sack, in zwei kleinen Kugeln. Hier wohnt der Teufel. Männer müssten sich häuten können, wie Raupen, wie Schlangen. Sich in einem gewissen Alter einfach für ein paar Wochen ins Bett legen und häuten, den Sack abwerfen und in Unschuld glücklich sein. Nicht weiter vom eigenen Zwiespalt terrorisiert.

Das könnte funktionieren, denkt Marlon: Sich häuten.

Er denkt es nicht zum ersten Mal. Eigentlich ist es ganz einfach. Ein einfacher Schnitt und der einzige Mangel der Natur ist behoben. Dem Teufel den Anschluss abklemmen.

Wütend nimmt Marlon alles in seine rechte Hand, was reinpasst, den halben Schwanz und beide Eier und er ist so wütend, dass er zudrückt, wie man zudrückt, wenn man zerdrückt.

Marlon schreit nicht, seine Stimme bleibt irgendwo hinter seinem schmerzverzerrten Gesicht stecken. Er packt alles ein und zieht sich an und gibt Acht, dass nichts heraus hängt und dass alles richtig sitzt, und er riecht an seiner Hand und lächelt und macht kurz Halt vor dem Waschbecken, nur um in den Spiegel zu sehen. Und Marlon findet: Er sieht ganz normal aus, wie ein ganz normaler Mensch in einem albernen Kostüm, kaum zu erkennen, wenn er den Bart wieder vors Gesicht zieht.

Oben warten die Kinder auf den Weihnachtsmann.

Schwarze Schafe

_1

Wir brauchen keinen Wecker. Die Kälte weckt uns. Sie bestimmt unseren Rhythmus. Kurz bevor die Sonne aufgeht, Stunden nachdem die letzten Kohlen erfroren sind, ist die Nacht am kältesten. Dann ist es Zeit, aufzustehen.

Dieser Winter ist besonders hart. Der kälteste, den ich erlebt habe.

Heute bin ich der erste, der wach ist. Ich reibe mir den schwarzen Schlaf aus den Augen und wecke Pavel und Dim. Ich mache ein neues Feuer an. Wir haben noch zwei Säcke Kohle hier. Mit meiner noch steifgefrorenen Jacke gehe ich vor die Tür, fülle den alten, zerbeulten Topf mit Schnee und stelle ihn ins Feuer, damit wir Wasser zum Trinken haben.

Es ist dunkel hier in unserem Loch. Die einglasigen Scheiben sind schon vor Jahren eingeworfen worden oder die Kälte hat sie zersungen. Gegen den kalten Wind haben wir Pappen in die alten Steinrahmen gedrückt. Sie halten den Wind und das Licht draußen, die Kälte nicht. So haben wir das warme, noch flackernde Licht der spärlichen Flammen zum Aufstehen, das gleich, wenn die Flammen aufgeben, noch dünner wird, bis es kaum noch sichtbar ist und sich unter einer Rußschicht schlafen legt.

Ich habe Kopfschmerzen, Pavel auch. Zumindest sieht es so aus, denn er verzieht das Gesicht und stöhnt. Dim ist schon wach und sucht unter seinen Decken am Fußende nach Brot. Der Flaum zwischen seiner Nase und seiner Oberlippe glitzert vor Reif. Aus seiner Nase steigt weißer Dunst. Während ich zwei der großen, warmen Steine, die um unsere Feuerstelle herumliegen, unter meine Schlafdecken lege, frage ich Dim, ob ich etwas von seinem Brot haben kann, weil ich meins gestern Abend neben meinem Kopfende vergessen habe. Jetzt ist es gefroren. »Du kannst es ja lutschen«, grummelt er und gibt mir die Hälfte seines Brotes. Wie um es wieder gut zu machen, bringe ich ihm den Topf mit dem Tauwasser.

Pavel ist rausgegangen, um zu pinkeln. »Ich krieg meinen Schwanz gar nicht zu fassen«, ruft er von draußen herein, »hoffentlich ist er nicht eingefroren.« Wir lachen und kauen und Dim reicht mir den Topf rüber.

Ich reibe mir die Augen, die sich noch zu langsam bewegen, und hole den Bottich mit dem Schafsfett. Ich stelle ihn zwischen Dim und mich. Wir beginnen, uns Gesicht, Hals, Nacken und Hände einzureiben und verteilen das Fett großzügig in den Rissen der aufgesprungenen Haut. Als Pavel kommt und in den Bottich langt, verzieht er sein Gesicht, hält sich die Hand vor den zum O geformten Mund und sagt mit piepsiger Stimme »ups, ich hab mir die Hände ja gar nicht gewaschen.«

_2

In der Stadt wohnt ein Mann ohne Namen. Ich habe lange überlegt, wie ich ihn nennen soll. Jetzt heißt er Korsakow-Mann. So, wie der Pfleger ihn nennt. Fast jedes Mal, wenn ich die Säcke in die Stadt bringe, gehe ich ihn besuchen. Er tut mir Leid und er fasziniert mich.

Er hat kaum Haare auf seinem hohlen Schädel, dafür wachsen sie aus seiner Nase und seinen Ohren. Er ist sogar rasiert, nur aus Nase und Ohren sprießen sie wie Unkraut aus einem gut gedüngten Blumenbeet. Der Korsakow-Mann hat seine Augen immer so weit aufgerissen, als wären sie sein bisheriges Leben lang geschlossen gewesen und nun zum ersten Mal geöffnet. Als wäre alles neu für ihn.

Ich bin neu für ihn, obwohl ich ihn seit langer Zeit fast täglich besuche. Die Türklinke und sein Rasierer sind auch neu für ihn.

_3

Seit Dim und Pavel unseren Unterhändler verprügelt haben, weil er sie beschissen hat, ist das Wegbringen der Säcke meine Sache. Ich mache mich jeden Tag auf, die Bahntrasse entlang, dann südlich, direkt an der *Francuska*. In seinem Kellerloch wartet er auf seine Jungs, die ihn den ganzen Tag beliefern.

Er ist ein reicher Mann. Er lebt von unserer Arbeit. Er muss nicht arbeiten, weil er Geld hat. Und Boten und ein Telefon. Er sitzt da, auf seinem flachen, gekachelten Ofen und nickt nur, wenn man hereinkommt. Er ist nicht sehr alt, vielleicht vierzig, er hat eine kleine Stirn und seine Augen stehen zu dicht beisammen.

Man stellt die Säcke auf seine Waage, danach in den Lagerraum und lässt sich bezahlen von seinem Buchhalter, der am Tisch bei der Tür sitzt. Ein kräftiger, junger Typ, der eigentlich nicht aussieht, wie jemand, der buchhalten kann. Er ist da, seit Pavel und Dim durchgedreht sind. Pavel sagt »siehst du, so schafft man Arbeitsplätze, ich könnte Politiker werden.«

Wenn es gut läuft und wir alle schnell sind, laufe ich bis zu sieben mal am Tag hin und her. Mit einem 25-Kilo Sack Kohle auf dem Rücken. Danach gehe ich in die Stadt, einkaufen und zum Korsakow-Mann. Brot, Aceton, Kerzen, Spiritus, Milch. Manchmal Rübeneintopf von der Frau am *Plac Wolnosci*, die sich jedes Mal freut, mich zu sehen und mir eine Kelle mehr gibt, als ich bezahlt habe.

Katowice ist keine schöne Stadt. Aber wir leben hier. Und nördlich der Bahnlinie gibt es ein paar schöne Straßen. Rund um die *Staromiejska*. Dort gibt es Terrassencafés, Restaurants und Hotels. Unter dem grauen Schleier, den die Minen über die Häuser von *Katowice* gelegt haben, kann man hier einen Hauch von Schönheit erahnen. Nach dem Einkaufen gehe ich dort manchmal spazieren. So muss Berlin aussehen, nur schöner.

_4

Wir sehen uns nicht oft. Wir haben beide nicht viel Zeit. Von unseren Treffen weiß nur, wer sowieso alles weiß und wer uns sieht.

Wenn wir uns treffen, machen wir die schönsten Dinge, die zwei Menschen in einer Stadt wie dieser machen können. Auf meinen langen Wegen vom Gleis zum Händler und zurück denke ich mir Rätsel für Alina aus. Wenn sie sie löst, darf sie mich treffen, irgendwo, das bestimmt mein Rätsel, und dort habe ich eine Belohnung für sie. Meine Rätsel führen sie durch unsere graue Stadt. Sie muss versteckte Nachrichten finden und Auskünfte von Menschen erfragen, die ich eingebunden habe; der Rübenfrau zum Beispiel. Dann warte ich im Kino auf sie oder auf dem Dach des Ufos, der riesigen Sporthalle, von der aus wir die Leute bespucken könnten, wenn Alina so etwas täte. Ich suche die schönsten Stellen der Stadt, die man zu kennen glaubt, wenn man nur eine Woche hier wohnt.

_5

»Los Jungs«, sage ich, klatsche in die Hände, die durch die Handschuhe einen dumpfen Ton geben und spüre, wie die Kälte meine Müdigkeit einfriert. Die beiden grummeln in m-einem Rücken, ich gehe schon vor die Tür und strecke mich.

Wir rennen zu den Gleisen, um unser Blut in Bewegung zu bringen. Dim ist immer der erste. Er ist der Jüngste und macht alles zum Wettbewerb.

Wir springen auf die Gleise und fangen an, die Kohlen der letzten Nacht in unsere Säcke zu sammeln. Als wir genug für einen Sack haben, füllen wir um und ich mache mich auf den Weg.

Die anderen werden noch eine Weile weitersammeln, die beiden Säcke an der verabredeten Stelle in der Böschung verstecken und weiter östlich gehen. Dort werden sie auf eine Brücke klettern und auf einen der täglich ungefähr zweihundert Kohlezüge warten. Wenn einer kommt, werden sie aufspringen, was nicht weiter schwierig ist, weil die Züge hier nur mit zwanzig oder dreißig Stundenkilometern passieren. Dann werden sie die Schotten eines Waggons aufreißen und die Kohle mit beiden Händen hinauswerfen. Sie werden abspringen und wieder mit dem Einsammeln beginnen. Bis es zu dunkel wird und sie ein letztes Mal aufspringen und entladen.

Wir sammeln weit draußen vor der Stadt, weil es in der Gegend zu viele Banden gibt. In dieser Stadt, in der richtige Arbeit fehlt, sammeln sie fast alle. Sie kommen mit Autos und sammeln in Kolonnen. Sie haben sich die besten Gebiete aufgeteilt, und weil sie große Gruppen mit einer straffen Hierarchie sind, kann man ihnen nur ausweichen oder sich ihnen anschließen. Wer sich anschließt, muss Dreck fressen und verdient nichts, bis er sich hochgedient hat. Wer ausweicht, muss ständig auf der Hut sein. Sie verlangen Schutzgelder und sind nicht zimperlich gegen solche, die sich nicht anschließen wollen.

Als ich in der Dämmerung zurückkomme, mit leeren Säcken, dem Rübeneintopf und Brot, machen wir Feuer und trinken die Milch, bevor sie zu fest ist.

»Ich habe keinen Bock mehr auf die Scheiße«, sagt Dim und träufelt sich Aceton auf einen Lappen. Er steckt ihn in eine Plastiktüte, die er sich vor Mund und Nase hält. Dann inhaliert er.

»Stopp«, sagt Pavel, »hör auf«, nimmt ihm die Tüte weg, sagt noch »bevor du wieder kotzt«, und schnüffelt dann selber. Er reicht mir die Tüte rüber.

Dim, der kleine Dim. Wie er jetzt daliegt. Seine Augen starren an die Decke. Gleich fängt er an zu lachen. Ich weiß es. Vorher nehme ich die Tüte noch schnell.

Während Dim in schallendes Gelächter ausbricht, schüttet Pavel Spiritus in eine leere Dose und mischt ihn mit Tauwasser. Er muss mit Dim lachen, und weil sich sein Körper so schüttelt, geht Wasser daneben.

Ich lehne mich gegen die rußige Wand. In einiger Entfernung bollert ein Zug dahin, und Dim muss wieder lachen.

Draußen pfeift ein kalter Wind. Die Gesichter meiner Freunde flackern warm auf, im Rhythmus der Flamme. Im Rücken haben sie die Kohlezeichnungen, die wir auf den weiß-grauen Putz geschmiert haben, nackte Frauen überwiegend, hier und da ein Fetzen Berlin oder ein Grundriss unserer Wohnung, die wir haben werden.

Pavel hält mir mit ekelverzerrtem Gesicht den Spiritus hin. Ich nehme einen Schluck. Ich sage: »Der Spiritus macht uns blind.« Dim lacht laut und schreit »immer noch besser als tot«. Das Wasser macht uns tot, das *Katowicer* Wasser.

Ich nicke, trinke noch einen Schluck und gebe die Dose an Dim weiter. In mir steigt eine tagesfremde Genugtuung auf. Freundschaft ist das Wichtigste in meinem Leben und mit Spiritus ist sie noch leichter.

Pavel hat die Augen geschlossen und lächelt leise. Ich weiß, wovon er träumt. Berlin. Wir drei und Berlin. Ich sehe ihm eine Weile zu und stelle mir seine Gedanken vor: Brandenburger Tor, Siegessäule, mein Bruder Lucjan, Fleisch und Arbeit.

Ich sage: »Nur noch zweihundertsiebzig Zloty.« Noch ein paar Tage. Dim lacht los wie ein Bekloppter und Pavel macht die Augen auf, schreit »jaaa« und schmeißt sich auf mich. Wir wälzen uns auf meinem Deckenhaufen, bis wir erschöpft aufeinander liegen bleiben. Bald geht es los. »Es geht los, los, los«, ruft Pavel gegen die schwarze Decke, die seine Rufe leise erwidert. Er nimmt mich in den Arm und drückt so fest er kann, bis das Lachen aus uns beiden herausprustet.

»Ich will ficken«, sagt Dim. Pavel sagt: »Du Romantiker«, und ich muss lachen, Pavel auch, nur Dim nicht.

»Nur weil ihr eure Schwänze nur zum Pissen habt«, sagt Dim, »ich bin nun mal ein Mann.«

»In Berlin kannst du ficken, da gibt es Frauen für jeden, auch für so hässliche Vögel wie dich«, sage ich, »mein Bruder hat auch eine.« Dim ist der hübscheste von uns allen. Er weiß es, sonst wäre er jetzt böse. Unsicherheiten machen ihn krank, dann wird er aggressiv und böse. Er hat recht: Pavel und ich, obwohl wir älter sind, sehen noch aus wie Kinder. Dim ist noch eins, aber er sieht aus wie ein Mann, mit seiner sehnigen Muskulatur, seinen hohen Wangenknochen, der klugen Stirn, über die sich eine lange Narbe zieht, bis durch die linke Augenbraue. Dort wachsen keine Haare, aber die Narbe sieht aus wie Schmuck. Er hat wilde, funkelnde Augen. Nur sein Flaum, der ständig gefroren ist, verrät, dass Dim sich diesen Manneskörper übergezogen hat wie ein Einsiedlerkrebs ein fremdes Schneckenhaus.

Wir drei. Wir drei und unser Schwur. Er ist etwas Heiliges. Etwas, das niemand brechen kann. Wir gehören zusammen. Niemand kann uns auseinander bringen. Wir gehören, bleiben und halten. Zusammen.

_6

Der Pfleger ist ein guter Mann. Er lebt mit seinen Patienten. Ich weiß, er nimmt mir zu viel Geld ab. Ich weiß aber auch, dass er es nicht in seine Tasche steckt, sondern in einen alten

Laib Brot, mit dem er drei andere Patienten am Leben hält. Er arbeitet Tag und Nacht. Sein treues Gesicht. Er sieht aus wie ein Vater. Er ist ein Vater ohne Kinder. Ein Gemisch aus krausen grauen und braunen Haaren umrundet seinen Kopf, vom Hinterkopf bis zu den vollen Lippen, dazwischen nur die zwei Fellfetzen über den Augen. Ein ruhiger Bär. Die tiefen Augen, die breite Nase, die sicher und ruhig im Gesicht steht, wie er im Leben.

Ein guter Mann. Und seine kaputten Kinder, die fast alle älter sind als er.

Er freut sich, mich zu sehen. Sein kleinstes Kind, den Korsakow-Mann, habe ich ihm gebracht. Ich habe ihn gefunden und abgegeben.

Wenn ich komme, erzählt er mir Geschichten oder Träume. Dabei geht er oft umher, streicht über die Fensterbank, an einer Wand entlang, er klopft gegen Türen. Dann sagt er: »Das wird einmal werden. Ein Heim mit Pflegepersonal und noch viel mehr.« Ich höre ihm nur selten zu. Ich verliere mich in seinem Gesicht, seiner warmen Stimme. Einmal in der Woche macht er mir Kakao, löst ein Stück Schokolade in einer Tasse heißem Wasser auf und setzt sich mir lächelnd gegenüber.

_7

Hier habe ich sie zum ersten Mal gesehen. Alina. Die ich immer Alicia nennen soll. Sie wohnt in der Nähe der Universität, einer feinen Gegend. Ihre Mutter ist die Angestellte irgendeines Industriellen. Haushälterin und billige Geliebte. Vermutlich. Wie sonst hätte sie die Stelle bekommen sollen. Hier in *Katowice* haben zwei von zehn Leuten Arbeit. Auch Alina arbeitet. In einem Hotel für feine Leute.

Nachdem ich sie das erste Mal gesehen hatte, habe ich sie jeden Abend beobachtet, wie sie vom Hotel zu ihrem Haus gelaufen ist. Wochenlang. Habe ihre Schritte gezählt und bin in ihre Fußstapfen getreten, die sie mir im Schnee zurückgelassen hatte.

_8

Pavel sagt: »Jetzt leben wir auf Sparflamme, damit wir bald das große Feuerwerk zünden können.«

Eine einfache Zugfahrt von *Katowice* nach Berlin kostet pro Person etwa zweihundert Zloty. Das macht sechshundert Zloty. Das ist nicht viel. Nicht, wenn man gut verdient. Das tun wir. Und auf Sparflamme lebt. Das tun wir auch. Für einen Sack Kohle bekommen wir ungefähr sieben Zloty. Das sind nicht einmal neunzig Säcke. Aber wir müssen essen und noch mehr sparen, denn Pavel sagt, es könnte sein, dass wir den Grenzern etwas bezahlen müssen. Er ist sich nicht sicher, aber wir können es uns nicht erlauben, an der Grenze abgewiesen zu werden. Also sparen wir weiter – dreitausend Zloty sind unser Ziel.

Schon lange bekommen wir nur noch vier Zloty pro Sack. Zumindest sage ich das meinen Jungs. Ich muss das Geld für den Korsakow-Mann sparen. Sechzehn Zloty pro Tag. Der Pfleger droht, ihn sonst rauszuwerfen. Das würde er nie übers Herz bringen. Aber er muss mir drohen. Ich weiß nicht, wer seine Arbeit bezahlt und seine Ausgaben. Ob es überhaupt jemanden gibt.

Jeder Zloty für den Korsakow-Mann ist eine Minute mit Alina. Jeder Sack, den ich dem Händler in seinen Lagerraum stelle, fährt mich ein Stückchen weiter in die goldene Stadt meines Bruders Lucjan. Hier liegt das Glück auf der Straße, sagt er und ich glaube ihm, sonst würde ich keine Säcke mehr schleppen, die mir den Blick auf Alicia nehmen.

_9

»Hast du je Freunde gehabt?«, frage ich. Der Korsakow-Mann sieht mich unsicher an. »Jaa«, sagt er dann, »jaja«. »Mehrere?«, frage ich. »Ja«, sagt er, »mehrere«.

»Hast du je einen Freund belogen?« – »Ja«, sagt er. Dann schüttelt er den Kopf, sagt »nein« und »ach, ich weiß doch auch nicht«.

»Ich möchte meine Freunde nicht belügen«, sage ich, »aber ich kann nicht anders. Sonst müsste ich mich selbst belügen. Verstehst du das?« Er sieht mich an und beginnt langsam zu nicken. »Meinst du, dass es dann richtig ist?« Ich weiß nicht, ob er noch überlegen kann. »Verstehst du, was ich sage?«, frage ich ihn. Er sagt »ja, ich verstehe« und sieht mich ernst an. Seine große, knorpelige Nase, aus der die Haare wuchern, stört mich jedes Mal, wenn ich ihn ernste Dinge frage.

»Was weißt du?«, frage ich ihn. »Sind Freunde wichtiger als Frauen?« Er stiert mich an mit seinen starren Augen.

»Wer bin ich?«, frage ich. Da sagt er: »Na ja, das werden wir noch sehen.« Und ich gehe.

_10

Noch küssen wir wie Kinder. Mit geschlossenem Mund, für feuchte Küsse ist es zu kalt, sagt sie und ich freue mich auf den Sommer. Bis dahin zähle ich die zartgefurchten Linien ihrer Lippen.

Gestern hatte ich Hoffnung. Heute ist sie überfroren. Irgendwie ist fremde Luft aus einem anderen Land über unsere Stadt gezogen und es begann zu tauen. Heute sitzen wir an dem kleinen See an der *Raciborska*. Wir reden nicht, sonst wäre dieser Ort nichts wert. Das Wasser ist zu nichts zu gebrauchen, es gibt keine Tiere hier, selbst die Industrie kann das Wasser nicht mehr verwenden. Aber wenn eine angetaute Eisdecke wieder zufriert, dann beginnt sie zu singen. So sitzen wir in der Böschung und hören den Eisgesang. Dabei halten wir unsere Hände. Ganz fest.

Ich habe ihr noch nicht gesagt, dass ich bald gehen werde. Aber ich glaube, dass sie es ahnt. Wir träumen alle von einem anderen Leben. Ich lebe mit zwei Chaoten in einem Loch. Wir leben nur daraufhin, anders leben zu können. Sie weiß es.

Sie will auch weg. Das weiß ich.

Trotzdem werde ich es ihr bald sagen müssen.

_11

Der letzte Sack für heute steht im Lagerraum. Sieben Säcke. Neunundvierzig Zloty. Zwanzig für Berlin, acht für Essen, sechzehn für den Korsakow-Mann und fünf in meine geheime Kasse, die manchmal für Alina ist und für den Korsakow-Mann in der Zeit, wenn ich in Berlin bin und noch kein Geld schicken kann, dann muss ich mindestens drei Wochen im Voraus bezahlen, sagt der Pfleger.

Ich laufe zurück in einem dichten Nebel. Die Straßen sehen aus wie Kanäle für die schneeige Luft. Das Essen in meiner Hand lässt mich schneller laufen. Mein Magen grummelt und ich freue mich auf diesen Abend. Wir können die Tage rückwärts zählen. Noch ungefähr zwei Wochen. Wir haben unser Ziel nah vor Augen. Wir sparen seit fast einem dreiviertel Jahr. Jetzt haben wir noch zwei Wochen. Zwei Wochen. Ein Feuerwerk.

Als ich in unser Loch komme, rufe ich: »Noch zwei Wochen!« Pavel liegt auf seinen Decken und Dim tobt herum. Er ruft: »Scheiße, verdammte« und »diese verdammten Hurensöhne«.

Ich verstehe nicht, was los ist, schmeiße die Säcke in die Ecke und knie ich mich nieder zu Pavel. Ich frage ihn, was mit Dim ist. Pavel grinst mich an und sagt: »Wir fangen jetzt von vorne an.«

Ich verstehe kein Wort oder will es nicht und gucke von Pavel zu Dim, der mit der Faust gegen die Wand schlägt und flucht, und wieder zurück. Pavel nickt und sagt: »Der ganze Scheiß von vorn.«

»Alles weg?«, frage ich. Pavel nickt. Jetzt erst sehe ich, dass er über dem linken Auge blutet und eine Schürfwunde an der Wange hat. »Die Wichser haben uns aufgelauert, sie meinten, wir können uns nicht drücken. Sie kriegen jeden.« »Verdammt«, sage ich. »Ich habe euch gesagt, wir sollen bezahlen«, meint Pavel mit einer ruhigen Stimme. Dim schreit und schlägt herum und ich sage ihm, er soll seine verfluchten Hände heil lassen, wir bräuchten sie noch. »Sie haben alles mitgenommen, Nachzahlung plus Zinsen, meinten sie.« Pavel muss grinsen. »Hätten wir gezahlt, wäre wenigstens etwas geblieben.«

»Fuck«, sage ich leise und schüttele den Kopf. Dann lasse ich mich nach hinten fallen. Auf meinen Hintern. Ich sitze da und spüre keine echte Trauer. Ich wusste, dass etwas dazwischen kommen würde. »Kopf hoch, ihr Wichser«, sagt Pavel, setzt sich auf, schüttet Spiritus in die Dose und sieht uns an, »Berlin verschwindet nicht und Sylvester ist jedes Jahr.«

Es gibt zu viele Banden in dieser Gegend. Zusammen sind sie stark. Sie lauern an jeder Ecke. Überall ist ihr Gebiet, sagen sie. Deshalb sammeln wir so weit draußen. Es hilft nichts. Die meisten sind jünger als wir.

Ab jetzt werden wir zahlen.

_12

Das erste Mal in meinem Leben stehe ich in vor einem Zahnpasta-Regal. Zahnpasta erinnert mich an meine Mutter. Das ist lange her. Mein Vater hat sie verprügelt und fortgejagt, als er betrunken war und er sie mit einem anderen im Bett erwischt hat.

Er war immer betrunken. Wahrscheinlich war sie auch immer mit einem anderen im Bett. Wahrscheinlich konnte mein Vater sie gar nicht mehr ficken. Wahrscheinlich war es nicht sein Verstand, der da auf meine Mutter einschlug, sondern die letzten Reste seines Stolzes. Wahrscheinlich.

Ich weiß nicht mehr, wie Zahnpasta schmeckt.

Ich kaufe die billigste und keine Zahnbürste, dafür reicht das Geld nicht mehr. Ich habe die leise Hoffnung, Alina mit einem frischen Atem zu einem feuchten Kuss überreden zu können. Wer weiß, ob wir noch einen gemeinsamen Sommer haben.

Dann will ich wenigstens ihren Geschmack in meiner Erinnerung tragen.

Vor dem Kaufhaus reibe ich meine Zähne mit der weißen Paste ein. Meine Zähne schmecken jetzt nach Kindheit. Ich beiße Schnee aus meiner Hand, schmelze ihn in meinem Mund und spüle die Erinnerungen aus meinem Kopf.

Vor ihrem Hotel warte ich auf Alina. Als sie kommt, umarmen wir uns. Ich drücke meine linke Wange auf ihre rechte und sie kämmt mit ihren Wimpern den Kohlenstaub aus meinen.

Sie zieht mich in den Eingang. »Der Chef ist nicht da«, flüstert sie in mein Ohr. Sie hat meinen Atem noch nicht bemerkt. »Ich zeige dir, wie die Reichen leben.« Ich will es nicht wissen, aber ich folge ihr. In der Küche gibt sie mir Brötchen, Fleisch, Aspik-Eier, einen Apfel. Sie legt den Finger an den Mund und zieht mich weiter.

Wir gehen auf ein Zimmer. Rot-goldene Tapete. Ein großes, weiches Bett, Gardinen, ein Fernseher. Es riecht muffig und nach Tannenimitat aus einer Dose. Sie sagt: »Setz dich.« Hier also arbeitet sie. Hier schüttelt sie Morgen für Morgen die Träume der Reichen auf, atmet ihre

Nachtwärme, riecht die Geheimnisse fremder Nächte, bereitet ihre Traumbettung neu.

Sie lächelt mich an. Ich habe noch nichts gegessen. Erst soll sie meinen Atem bemerken. »Warum isst du nichts?«, fragt sie. Da küsse ich sie. »Für mich?«, fragt sie und öffnet ihre Lippen soweit, dass meine Oberlippe dazwischen Platz findet. Nicht weiter.

»Es ist noch nicht Sommer«, sagt sie. Und lächelt.

_13

In der Kälte schließen sich die Wunden nicht.

Das Schafsfett macht die offene Haut geschmeidig und Bewegungen sind weniger schmerzhaft. Aber die Haut hat es aufgegeben, die Wunden schließen zu wollen.

Ich habe Angst, dass Dim wahnsinnig wird. Seit Tagen redet er kaum noch. Er ist so verbittert. Er erklärt sein Leid in Halbsätzen: »… dann bring ich sie um … ich mach sie fertig … kriegen sie zurück, diese Schweinehuren.«

Pavel sagt, das wird schon wieder, so ist Dim nun mal. So war seine Mutter auch schon.

Dim kommt vom Dorf. Er wohnt erst seit drei Jahren in der Stadt. Er ist alleine hergekommen. Warum, wissen nur wir: Seine Mutter haben sie rasiert, weil sie verrückt ist. Er hat es nicht ertragen. Jeden Tag waren fremde, versoffene Männer in ihrer Wohnung. Halb wollte seine Mutter, halb wurde sie vergewaltigt. Sie haben sie geschlagen. Ab und zu hat Dim auch was abbekommen.

Eigentlich heißt Dim Dimitrios. Das ist ein griechischer Name. Dims Vater ist Grieche, sagt seine Mutter. Der einzige Mann, den sie je geliebt hat, sagt sie.

Dim spricht nicht ein Wort Griechisch. Er hat seinen Vater nie gesehen. Wahrscheinlich hat seine Mutter ihn auch nie gesehen. Ich weiß es nicht. Dim macht mir Sorgen.

Sie bringen die Säcke jetzt näher an die Stadt ran, wir kommen schneller voran, machen keine Pausen mehr. Manchmal treffen wir uns mit vereisten Nasen, Wimpern und Augenbrauen voller Reif. Pavel sagt dann, hallo, Bote. Ich sage, hallo, Arbeiter. Als wäre es ein geheimer Code. Wir wissen nicht, was wir noch mehr reden sollen. Alles ist wieder in die Ferne gerückt. Dann stehen wir da. Zum Grinsen zu müde, mit unseren fettig glänzenden, roten Gesichtern, die nach Schaf riechen. Über uns ein Himmel, den sogar die Vögel zu hässlich finden, um darin zu fliegen. Unter uns der Schnee von gestern, überdeckt von dem von heute.

Pavels Ehrgeiz und Dims Arbeitswut machen die Treffen mit Alina noch schwerer. Für Alleinsein, wie ich es bisher nannte, ist jetzt keine Zeit mehr. Ich brauche aber Zeit.

_14

Ein Abschied wäre nun noch zu früh.

Ich bin schüchtern. Ich warte mit einer Entscheidung, bis das Leben sie für mich trifft. Ich weiß, was ich will, aber den richtigen Zeitpunkt findet das Leben.

Wochenlang bin ich in ihre Fußstapfen getreten. Bin ihr gefolgt. Ich habe gewartet. Und dann hat sie mich gebraucht: Zwei besoffene Penner haben sie angepöbelt. Da bin ich losgelaufen, habe ihre Hand in meine genommen und sie auf die Wange geküsst und gesagt: »Hier bist du, Schatz.« Nachdem sie mich eine Sekunde lang betrachtet hatte, begriff sie, sagte: »Wo warst du, warum hast du mich nicht abgeholt.« Ich sagte »es tut mir leid, ich liebe dich, sei nicht böse.« Dann liefen wir Hand in Hand davon.

Seitdem sind wir zusammen. Fast sieben Monate nun. Im Kopf sogar schon länger.

Alina fragte mich: »Warum hast du das getan?« – »Sei nicht

böse«, sagte ich, »ich liebe dich.« – »Wie kannst du mich lieben, wir sehen uns zum ersten Mal«, sagte sie. Ich sagte »nein, ich sehe dich schon seit Wochen, außerdem passt deine Hand sehr gut in meine«. Da lächelte sie und sagte »wie heißt du?« – »Marek«, sagte ich, »und du bist Alina.« – »Alicia«, verbesserte sie, »woher weißt du das?«

_15

Damals haben wir den Traum geboren.

Vielleicht ist der Himmel damals an einer Stelle aufgerissen, vielleicht nicht. Wahrscheinlich wünsche ich mir einen Himmel, der sich ein bisschen öffnet, zu einem Tag, an dem das Leben einen Sinn bekommt.

Wir kannten uns schon seit Jahren, hingen immer miteinander rum. Wir haben die Dinge geklaut, die wir brauchten, Mutproben, ein, zwei Brüche, geschnüffelt und gesoffen und vor allem: rumgehangen.

Dann hat die Idee von Berlin und einem besseren Leben uns aufgerafft. Jetzt arbeiten wir im kalten Rhythmus gegen den grauen Stumpfsinn und haben ein Ziel, das uns eint.

Früher gehörten wir zusammen, weil wir nichts Besseres hatten, nichts Besseres wussten, jetzt gehören wir zusammen, weil wir an das Gleiche glauben: an uns.

_16

Es ist nichts kaputt gegangen.

Wir machen so weiter wie bisher. Wir schaffen das. Abend für Abend sitzen wir noch immer zusammen. Hier sind wir gestrandet. Unsere beschädigten Kindheiten haben uns hergespült. Wir akzeptieren das. Wir starten etwas später. Wir akzeptieren das. Wir sitzen noch immer so da, nicken uns verschwörerisch zu mit unseren Spiritus-Mischungen in der Hand. Pavel kann noch immer verschmitzt lachen und Witze machen. Dim hat sich wieder eingekriegt.

Es geht weiter.

_17

Ich frage den Korsakow-Mann, ob er noch träumt. Er sagt »muss ja« und »ich weiß nicht so recht, das kann ich im Augenblick gar nicht so richtig sagen.« Ich sage, dass ich träume. Sogar wenn ich wach bin. Immer. Dass man träumen muss; zumindest hier. Der Korsakow-Mann nickt, als würde er verstehen, was ich sage.

Ich sage: »Ich bin Marek, ich träume, kannst du dir das merken?« Er nickt. Ich sage »erzähl mir von früher. Hast du früher geträumt?« Er strengt sich an, zieht die Brauen zusammen, die Augen bleiben weit geöffnet. Sein Gesicht sieht aus wie eine Maske, die Nasenhaare wackeln hin und her. »Da war doch was«, sagt er, »das war doch schon immer so.«

Ich mische ihm Spiritus mit Wasser und setze mich auf sein Bett. »Hast du heute schon gegessen?«, frage ich. »Ich weiß nicht«, antwortet er.

Ich sage: »Sie haben uns überfallen. Wir haben so lange gespart und sie haben uns alles weggenommen, hörst du?« – »Ja«, sagt er, das Glas am Mund, »jaja, überfallen, alles weggenommen.« – »Unser Geld«, sage ich, »für Berlin. Jetzt muss ich wieder von vorne anfangen. Auch mit Träumen.« – »Jaja«, sagt er.

Ich frage ihn: »Wer bin ich?« Er sagt »das wird schon wieder« und: »Das kann ich im Moment nicht so genau sagen.«

_18

Ich habe ein Rätsel für Alina. Eines dieser Rätsel. Sie muss auf die monströse Betonbrücke, die Bahnhof und Marktplatz verbindet, dort findet sie den ersten Hinweis mit Kreide, der sie auf den jüdischen Friedhof führt und danach zur Rübenfrau. Ich hoffe, sie gibt Alina nicht einen Hinweis mehr, als sie soll. Die Rübenfrau mit ihrem Lächeln.

Die kleine Alina im *Katowicer* Schneegestöber. Ich stelle sie mir vor, wie sie durch die grauen Straßen läuft, vorbei an den modernen, immerleeren Veranstaltungshallen, die unsere großen, schnurgeraden Straßen säumen. Wie empfangsbereite Frauen, die niemand will.

Alina in der Kälte, ihre Freude, ihr Lachen, ihr Eifer. Über ihr der Himmel, der sich auf der Straße verliert, im Schneematschgrau.

Beim alten Bahnhof erwarte ich sie. Als sie kommt, ist sie ganz aufgeregt, will wissen, was wir machen. Ich lege den Zeigefinger an den Mund, nehme ihre Hand und gehe los.

In der alten U-Bahn sitzen wir im dritten Waggon ganz vorn. Wir machen eine Schneekugelfahrt: zwischen den Waggons wirbelt der lose Schnee, der auf dem Dach liegt, bei jedem Anfahren hin und her – wie in einer Schneekugel.

Ich kaufe keine Fahrkarten, dafür zwei Lollis für später und ein Eis, das wir uns teilen, weil ich glaube, dass Menschen in Schneekugeln sich von Eis und Lollis ernähren. Und wieder sitzen wir so da, drücken unsere Hände fest, sind glücklich, weil wir uns glücklich denken. Heimlich denken wir uns fort. Weg von diesem Ort, diesen Problemen. Vielleicht auch weg von dieser Zeit. Ich weiß es nicht.

»Er schlägt meine Mutter«, sagt Alina. Ich sehe sie an und sage: »So etwas gibt es nicht in einer Schneekugel.« Sie sieht mich fest an und sagt: »Gestern hat sie gesagt, nimm doch Alina.« Ihre großen, klaren Augen weinen. Ich habe für einen kurzen Augenblick Angst, dass sie einfrieren könnten. Ich antworte: »Hör auf, wir sind in einer Schneekugel, hier gibt es so was nicht.« Sie sieht mich weiter an, ihre Lider zucken nicht. Dann hebt sie ihren Pullover, ihr Bauch ist blau und grün. Sie sagt: »Er schlägt nicht ins Gesicht, sonst würde ich meine Arbeit verlieren und könnte kein Geld mehr für ihn verdienen.« Ich frage, ob sie einen Lolli möchte. Sie schüttelt den Kopf. Sie sieht mich an und wartet. Dann sagt sie: »Kann ich bei euch wohnen?«

_19

Als ich in unser Loch komme, grinst Pavel mich an und sagt: »Und, hast du dir schon eine Strumpfhose gekauft?« Dim kommt angelaufen und zerrt an meiner Hose herum, »lass mal sehen, zeig schon, du Weib«, zischt er, »ich will deine Muschi sehen.« Er rotzt mir vor die Füße. Ich wehre ihn halbherzig ab und sehe Pavel an, der mich noch immer grinsend mustert. Dann dreht er sich um und wirft die Zahnpastatube vor meine Füße. Dim hört auf, an mir herumzuzerren und stößt mich und keift, »na, wo ist der Lippenstift, krieg ich nächstes mal auch weiches Klopapier zum Arschabwischen?«

Ich bin überrascht und weiß nicht genau, was ich machen soll. Ich sage: »Wieso schnüffelt ihr in ...« – »Wieso sagst du uns nicht, was du mit unserem Geld machst?«, unterbricht Pavel mich, er grinst nicht mehr, er stiert aus weit geöffneten Augen drohend, mit geblähten Nüstern, es gibt einen Schwur, ein Versprechen. »Du hättest es nur sagen brauchen.«

Ich schäme mich. Ich fühle mich beschissen, dreckig. Ich stehe da. Ertappt. Erwischt. Und das vor meinen Freunden.

Ich habe sie betrogen.

_20

»Ich kann auch Kohlen schleppen«, sagt sie und heult und schluckt. Ich kann sie nicht ansehen. Ich weiß nicht, was ich sagen soll.

»Es geht nicht«, sage ich schließlich. »Warum denn nicht?«, will sie wissen. »Es geht einfach nicht«, brülle ich, »schnallst du das denn nicht?« – »Dann prügelt er mich tot, meine Mutter hat mich freigegeben«, sagt sie. »Übertreib nicht.« – »Ich habe Angst«, sagt sie. »Ich auch«, flüstere ich und nehme sie in den Arm. »Es tut mir Leid, aber es geht nicht. Das kann ich nicht machen.«

»Warum denn nur nicht«, wimmert sie in einer Melodie, die sich mir im Kopf festsingt. »Warum denn nur nicht.«

»Meine Freunde würden das nicht verstehen«, sage ich nach einiger Zeit. »Was sind denn das für Freunde?«, fragt sie. »Meine«, antworte ich und stehe auf, »die besten.« – »Und wieso verstehen dich deine besten Freunde nicht?« – »Hör auf«, schreie ich, »hör auf. So ist es nicht. Wir haben eine Abmachung. Wir drei und nur wir drei.« Ich habe schon viel zu lang gelogen.

_21

Ich habe mich entschlossen, ihn vorzuführen. Vielleicht ist es mein schlechtes Gewissen, aber das ist mir jetzt scheißegal. Wir müssen etwas zusammen machen. Irgendetwas, und das ist jetzt genau das Richtige.

»Kommt, Jungs, heute zeige ich euch was.« – »Dürfen wir endlich deine Muschi sehen?«, ruft Pavel und die beiden krümmen sich vor Lachen. »Wollt ihr jetzt mitkommen oder wollt ihr lieber beschissene Witze machen und abhängen?«, frage ich gereizt. Seit Tagen muss ich mir diese Scheiße anhören. Wegen einer verdammten Tube Zahnpasta. Nur um einmal meine Oberlippe zwischen Alinas Lippen schieben zu können. Ich weiß, dass das nur die halbe Wahrheit ist.

»Kommt ihr«, rufe ich noch mal. »Ja, Mann, immer mit der Ruhe. Was machen wir denn?«, will Pavel wissen. Ich lächle in den kalten Wind und gehe voraus. Der Schnee knirscht unter meinen Schuhen. »So was habt ihr noch nicht gesehen«, sage ich bestimmt. Sie holen auf und löchern mich: »was denn, was denn?«

Ich gebe ihnen mein Geheimnis und sie mir ihr Vertrauen zurück – ich halte das für einen fairen Deal.

_22

»Wenn du mich mitnimmst, kannst du alles mit mir machen«, sie sieht mich flehend an, »ich gehöre dir.« – »Hör auf damit«, antworte ich, »ich will das nicht.« – »Meine Mutter hat mich verraten. Soll er mich doch schlagen, aber ihr kann ich nicht mehr in die Augen sehen. Wenn ich sie sehe, zittern meine Knie, meine Ohren schlagen Alarm, ich habe das Gefühl, ich müsste auf Glasscherben kauen.« – »Hör auf«, antworte ich, »hör auf.« – »Liebst du mich denn nicht?«

Ich drehe mich um zu ihr, nehme sie in den Arm, flüstere leise in ihr Ohr: »Natürlich, natürlich liebe ich dich, meine Alina.« Ihre feuchten Lippen suchen hektisch die meinen. Ihr Mund steht offen. Ihre heiße Zunge fährt lieblos in meinem Mund umher.

Ich drücke sie von mir.

_23

Da stehen wir. Was wird der Pfleger denken. Er wird mich hassen. Oder er wird mich verstehen. Aber wie sollte er. Er weiß ja nicht, warum ich den Korsakow-Mann, den er jeden Tag pflegt, zur Schau stelle. Er wird vor mir stehen. Er wird uns stumm zur Tür führen, aufschließen. Dann wird er mich noch einmal ansehen. Er wird nicht einmal den Kopf schütteln, sondern mich nur aus seinen tiefen Augen ansehen. Und ich werde mich fragen, aus welch niederen Motiven ich das Leid dieses alten Mannes ohne Erinnerung zur Schau stelle. Ich werde mein Gewissen beruhigen, indem ich mir sage, in zwei Minuten wird er nicht einmal mehr wissen, dass wir da waren.

Dim stößt mich an. Mein Becher mit Spirituswasser schwappt über. »Was ist los, wolltest du uns diese hässliche Baracke zeigen?« Ich stoße die Tür auf. Ich fange an, Witze zu machen, um in die richtige Stimmung zu kommen.

Der Pfleger steht im Flur. Ich glaube zu sehen, dass seine Augenbrauen sich leicht zueinander hingeschoben haben. Sofort habe ich ein schlechtes Gewissen. »Ich … wir wollten zum Korsakow-Mann. «Hinter mir tuscheln und lachen Pavel und Dim. Der Pfleger sagt nichts, wendet den Blick nicht von mir, nimmt einen Schlüssel und führt uns nach oben.

Als wir im Zimmer stehen, erkläre ich: »Er kann sich nichts merken. Nichts. Fragt ihn irgendetwas.«

Er sitzt auf seinem Bett und lächelt mich an. Ich mache den Anfang. »Wer bin ich?« Der Korsakow-Mann sagt: »Das wird man dann schon noch sehen.« Pavel und Dim sind betrunken, aber sie sagen nichts. Ich habe Angst, dass sie es langweilig finden. Dass mein Plan nicht aufgeht. Da gibt Pavel ihm zu trinken. »Danke heißt das«, sagt Pavel und sieht uns an. »Ey, du beknackter, alter Penner, danke, verstehst du mich, danke.« Der Korsakow-Mann lächelt Pavel an und trinkt. »Was hat mein Kumpel dir eben gesagt?«, fragt Dim nach einer Weile. Da wird es ruhig. Das alte Männchen auf dem Bett trinkt gierig und sieht an die Wand. »Rede mit mir, du Missgeburt.« Er sieht an die Wand. »Du sollst was sagen, du Penner.« Dim schreit, Pavel lacht, ich lache auch. Dim schlägt ihm mit der Faust auf die Schulter. »Was meinst du, du Penner, kannst du dich morgen erinnern, woher der blaue Fleck kommt?«

Dim ist ein guter Typ. Er ist loyal, treu, aber sein Kopf ist kaputt. Ich lasse ihn machen. Ich bin froh, dass er mich nicht auffordert zuzuschlagen. Zum Beweis. Ich würde es machen. Sie reden mit ihm, sie verwirren ihn, sie schlagen ihn, sie geben ihm zu trinken. Immer wieder gehen wir raus und wieder rein, spielen neue Szenen, sie sagen, sie wären sein Vater und seine Mutter, sie erzählen, sie wären seine Kinder, sie sagen, sie wären Polizisten, Pavel küsst ihn sogar, denn er ist seine Frau, Dim redet vom Krieg, er sei ein Deutscher in polnischer Gefangenschaft, er erzählt dem Korsakow-Mann, er sei ein Mörder, danach, er sei ein Heiliger, ein Kannibale, ein Kinderficker, eine Frau, ein Tier. Ich mache mit.

Der Korsakow-Mann kann sich nicht wehren. Er ist den Geschichten hilflos ausgeliefert, weil er seine eigene in irgendeiner leeren Flasche auf irgendeinem Hinterhof verloren hat. Er nickt bei jedem Satz.

Was ist ein Schokoriegel wert, an den man sich nicht mehr erinnern kann. Ist das Leid von jetzt weniger schlimm, wenn man es in zwei Sekunden vergessen hat, oder ist es doppelt so schlimm, weil sich alle Wahrnehmung auf eben dieses Jetzt konzentriert.

Ich rede mir ein, aus Not gehandelt zu haben. Ich rede mir ein, der alte Mann könnte auch mal etwas für mich tun.

Dann werde ich versuchen, zu vergessen. Wie er.

_24

Ich wollte sie abholen, stand vor ihrem Hotel und habe gewartet. Ohne ein Wort zu sagen, hat sie mich hineingezogen. Jetzt liegt sie vor mir, auf dem rotbezogenen Bett. In Unterwäsche. Starrt an die Decke und sieht aus wie gestrandet, fremdgetrieben und hilflos wie zum Mitnehmen. Ich stehe, noch in Jacke, an der Tür, weiß, was sie will, nicht aber, was ich will. Es ist still.

»Schlaf mit mir, bevor er es tut«, sagt sie, ohne mich anzusehen. Sie schluchzt. Ich will irgendetwas sagen, irgendetwas davon, dass ich es so nicht möchte. »Ich möchte wenigstens, dass du der erste bist«, stürzt sie hervor. »Komm her. Setz dich zu mir.«

Ich bleibe noch einen Augenblick stehen, dann gehe ich langsam auf das Bett zu, setze mich neben sie, starre an die Wand. In meinem Rücken richtet sie sich auf, öffnet meine Hose. Wir sehen uns nicht an. Mein Schwanz ist steif. Ihre Hände sind kalt. Sie sagt: »Fick mich, fick mich, bitte, er darf nicht der erste sein.« Ich bin wie ohnmächtig. Ich will nicht, aber ich lege mich auf sie. Sie zieht sich hastig aus. Unbeholfen bohre ich meinen Finger in sie und betrachte ihr Gesicht dabei. Es sieht angestrengt aus, ihr Mund verzieht sich wie der von Pavel, wenn er Spiritus trinkt. Sie murmelt etwas vor sich hin, was ich nicht verstehe. Ich spüre: Heute will Alina endlich Alicia werden, will sich zur Frau machen, erwachsen werden.

Als ich sie frage, ob sie mich überhaupt liebt, muss ich sofort an Pavel und Dim denken. Ich hoffe, sie werden nie erfahren, dass ich diese Frage gestellt habe.

Sie sagt »ja, ja« und liegt da mit weit auseinandergerissenen Schenkeln. Ich denke, wenn ich mich jetzt aufrichten würde, könnte ich in sie hineinsehen.

Ich fädele meinen Schwanz in sie ein. Es ist eng und warm in ihr. Sie röchelt kurz wie ein krankes Pferd. Ich betrachte weiter ihr Gesicht, Schmerz ist dazu gekommen. Ich rieche sie. Ich rieche mich. Es riecht süß. Ein oft versteckter Geruch, unter Schichten von Kleidung und Scham. Jetzt fülle ich mit ihm meine Lungen. Ich kann nicht sagen, ob der Geruch mir gefällt oder missfällt. Ob ich mich davor ekele oder darin schwimmen möchte. Ich weiß nur, dass Ficken so riecht.

Ich habe meinen Geruch noch nicht zu Ende gedacht, da bin ich schon fertig.

Jetzt liegen wir nebeneinander und wissen, dass etwas kaputt gegangen ist. Wir sehen es an einem roten Flecken auf dem roten Tuch. Wir fühlen es an der Kälte des Raumes. Wir riechen es an uns.

Wir weinen kurz, nehmen uns in die Arme und dann gehen wir schnell. So schnell, wie alles gegangen ist, in den letzten Tagen.

_25

Ich kann mich nicht an den Tag meiner Geburt erinnern. Man hat mir erzählt, es sei ein vierzehnter Januar gewesen. Etwa 18 Jahre vor dem heutigen. Ich verlasse mich auf das, was mir Leute erzählt haben, die mir nichts bedeuten. Die es nicht mehr gibt.

Es gab eine Zeit, in der ich überlegt habe, ob wir drei, Pavel, Dim und ich uns gegenseitig neue Namen und Geburtstage geben sollten. Geboren werden und sich taufen lassen. Von Menschen, die man liebt, denen man vertrauen kann. Ich werde nie erfahren, ob der vierzehnte Januar tatsächlich mein Geburtstag ist, deshalb kann ich mir auch einen neuen Geburtstag geben lassen.

Ich habe es nicht getan. Ich hänge an den Resten meiner Vergangenheit. Ich weiß nicht warum. Es ist keine schöne.

In zwei Tagen ist mein Geburtstag.

Der Unterhändler verzieht sein Gesicht zu einem widerwärtigen Lächeln und drückt mir das Geld in die Hand.

Ich gehe in Richtung Ausgang und warte noch einen Moment. Hinter mir die warme Luft. Sie ist es, die mich hier hält und der Gedanke an den langen Rückweg bis zu unserem Loch, in dem wir uns vor dem Frost verstecken.

Vom Kalten ins Warme ist leichter als umgekehrt.

Vor der Tür frisst sich ein beißender Wind durch die Straßen, er jault die Hausecken an, und das kalte Licht der vereinzelten Straßenlaternen bellt lautlos zurück.

Unter meiner Mütze schwirren die Gedanken. Was ich machen soll. Was ich machen kann. Meine Schritte verlieren sich im Dunkeln.

_26

Jetzt trägt sie meinen Samen durch die Stadt. In sich. Nach Hause. Ich war in ihr. Ich bin in ihr. Wie sich das anfühlen mag. Ich habe gefickt. Ich wünschte, ich könnte Dim und Pavel davon erzählen. Was ist ein Schokoriegel wert, an den man sich nicht erinnern kann. Was ist ein Fick wert, von dem man seinen besten Freunden nicht erzählen kann.

Wenn man erst mit Geheimnissen anfängt. Das ist die Strafe.

_27

Ich drehe um, gehe noch einmal zum Korsakow-Mann. Ich will mich entschuldigen. Würde er noch gut genug denken können, würde er mich vielleicht fragen, wofür. Er tut es nicht.

Ich sitze neben ihm auf dem Bett. Er sieht mich an mit seinen angstvollen Augen, für die alles neu bleibt. »Was siehst du?«, frage ich ihn. »Dich«, sagt er und ich bin verblüfft über diesen klaren Moment. »Wer bin ich?«, frage ich wie jedes Mal. Er sieht zur Wand, zuckt die Schultern. Ich frage mich, woher er weiß, dass man die Schultern zuckt, wenn man Unwissen zum Ausdruck bringen will. Er sagt: »Ein Junge.« Ich lächle ihn an und frage ihn, warum er die Schultern gezuckt hat, eben. Er sieht mich an und sagt: »Das ist dann eben immer so. Das macht man eben so. Schon früher immer so.«

Als ich ihm erzähle, dass ich eben gefickt habe, haut er mir eine runter und schüttelt den Kopf. Ich lache über das bisschen Schmerz und freue mich über die Reaktion. Ich sage: »Ich verstehe sie nicht. Vor einer Woche wollte sie noch küssen wie ein Kind, heute wollte sie eine Frau sein. Verstehst du, Alter?« Er nickt. »Ich weiß nicht, was sie mit mir macht. Vielleicht will sie etwas ganz anderes. Sie übertreibt. Sie sagt, ihr Stiefvater würde sie totprügeln, vergewaltigen. Ich weiß nicht, was stimmt. Nichts weiß ich.«

Dann gehe ich.

_28

Vor mir der Bottich mit dem Schafsfett. Gestern habe ich Alina nicht gesehen. Sie hat nicht auf mich gewartet. Morgen ist mein Geburtstag.

»Nun mach schon«, sagt Pavel. Ich streiche eine löffelgroße Menge in meine Hand und schiebe den Bottich zu Pavel. Es geht aufwärts. Mein Deal mit dem Korsakow-Mann hat funktioniert. Wir reden über ihn, nicht mehr über meine Muschi. Das ist ein gewaltiger Fortschritt. Wir haben wieder gemeinsame Witze, erzählen uns alle Geschichten zehnmal und denken uns den ganzen Tag über neue aus, dann lachen wir und freuen uns auf den nächsten Besuch.

So lässt es sich einfacher arbeiten. Hoffentlich ist Alina heute da.

_29

Ich warte auf dem Treppenabsatz gegenüber. Sie kommt vor die Tür, bleibt stehen, sieht sich um. Sie wartet. Also stehe ich auf und gehe rüber.

»Hey.« – »Hey«, antwortet sie. »Wo warst du gestern?«, frage ich. Sie fängt an zu weinen und ich will es gar nicht mehr wissen.

Ich küsse ihr das Salz von den Wangen, nehme sie an der Hand und sage: »Komm, ich zeig dir was.« Einer mehr oder weniger ist jetzt auch egal.

Sie fährt über meine zerrissene Haut. Ein Wollfaden verfängt sich darin.

»Ich muss weg von zu Hause«, sagt sie. Ich sage: »So etwas hast du noch nicht gesehen.« Und ich freue mich auf ihr Gesicht.

Als wir vor dem alten Korsakow-Mann stehen, erkläre ich ihr alles: er kann sich nicht erinnern, nichts behalten. Sie steht vor ihm, sie sehen sich an. Ihr Gesicht, ohne Regung. Dann fragt sie ihn: »Wie machen Sie das?« Das alte Männchen lächelt sie an, seine Hände hat er unter den Knien auf der Bettkante aufgestützt, die Arme durchgedrückt, die Füße über dem Boden, er wippt hin und her. »Wie vergessen Sie das alles nur?«

Ihre Worte bleiben mir im Ohr. Ich erzähle ihr, dass ich beinahe jeden Tag hier bin und dass er sich nicht mal an mich erinnert. Sie küsst ihn auf die Stirn und sagt leise: »Lass uns gehen.« So gehen wir.

»Ein armer Mann, ein glücklicher Mann«, sagt sie. »Er muss an nichts denken, hat nichts, an das er denken kann.« Sie überlegt. »Wir könnten ihm das schönste Leben von allen machen«, sagt sie dann. »Wir könnten ihm jeden Tag eine neue wunderschöne Lüge auftischen oder eine alte, das ist ja egal. So kann man hier glücklich werden.« Sie murmelt etwas. Ich glaube, es sollte ‚nur so' heißen. Ich frage: »Was?« Alina dreht den Kopf zu mir, sie lächelt. Sie sagt: »Wir könnten ihn zum König der Welt machen, ihn im Glücksspiel gewinnen lassen und frisch verliebt sein, wir könnten ihm Preise verleihen und ihn alte Freunde wiedertreffen lassen. Er hat die besten Voraussetzungen für das Leben.« Das sagt sie leiser und blickt wieder auf den festgetretenen Schnee.

»Ich muss weg von zu Hause«, sagt sie wieder. Da gebe ich ihr einen Kuss und sage: »Bald. Vielleicht.«

_30

Vor mir der Bottich mit dem Schafsfett. Mein Geburtstag. Sie haben ihn vergessen. Kein Wort. Oder sie wollen mich strafen.

Wir machen unsere Witzchen. Dann geht es los. Wir rennen zu den Gleisen, fangen an zu sammeln, schütten zusammen, dann mein erster Weg in die Stadt. Die schwarzen, blattlosen Bäume, deren Blätter ich so lange nicht gesehen habe, dass ich vergessen habe, was für Bäume es sind, wiegen sich im kalten Wind, am Autobahnkreuz lässt ein Junge einen Drachen steigen.

Ein ganz normaler Tag: acht mal hin, acht mal zurück, auf dem letzten Weg einkaufen, zum Korsakow-Mann und vor dem Hotel warten. Sie kommt schon wieder nicht.

Ich mache mich auf den Heimweg. Nicht einmal sie hat an meinen Geburtstag gedacht.

Aus unserer Höhle dringt mehr Licht als sonst. Verschwenderisch viel Licht. Es verliert sich ohne Nutzen im schwarzen Schnee.

Als ich die Tür aufmache, sitzen drei Leute herum, verteilt auf unseren Lagern. Pavel, Dim und Alina. Ich möchte sterben.

Pavel und Dim springen auf, nehmen mich in den Arm, gratulieren mir. Ich rieche den Alkohol, den sie getrunken haben. Was zum Teufel macht Alina hier? Wie hat sie das angestellt. Sie hat ihnen scheinbar nichts von uns erzählt, sonst würden sie mich nicht so freundlich empfangen. Was macht sie hier, wie hat sie uns gefunden, warum haben die Jungs sie herein gelassen? Ich sehe sie scharf an. Sie starrt in das Feuer. Meine schöne Alina, die Flammen wärmen ihr Gesicht. Ihr trauriges Gesicht, wie lange habe ich es nicht mehr fröhlich gesehen.

»Warte«, sagt Pavel, wir haben Geschenke. Ich freue mich, sie haben es nicht vergessen. Sie wollten mich überraschen. Er holt ein kleines Plastiktütchen hervor. Ich rieche daran. Es ist Gras. Echtes Gras. Ich freue mich. »Aus Holland«, sagt Dim und boxt mich leicht auf den Arm, »Alter!« Ich umarme die beiden. Gras ist teuer.

»Und das«, sagt Pavel und zeigt auf Alina, »ist unser zweites Geschenk.« Ich zucke zusammen. Hoffentlich haben sie es nicht gemerkt, ich versuche zu lächeln. Geschenk? Alina?

Sie steht auf und kommt auf mich zu, nimmt mich in den Arm, gibt mir einen Kuss auf die Wange, haucht mir ins Ohr: »Herzlichen Glückwunsch, ich bin Alicia.« Ich fühle meinen Puls in den Ohren.

»Jetzt wird endlich gefickt«, sagt Dim und nickt mir mit freudigen Augen und einem Lächeln zu.

Ich stoße sie weg. Setze mich. Ich bin eiskalt, ich zittere. »Danke, Jungs, und ich dachte schon, ihr hättet meinen Geburtstag vergessen.« Sie lachen und hauen sich gegenseitig verbrüdernd auf die Schultern.

Wieder in der Klemme. Das kommt davon, wenn man zwei Leben lebt, zwei Träume träumt. Und die Entfernungen zu klein sind.

Ich ringe mich zu einem Lächeln durch. Erst mal rauchen wir. »Alles klar«, sagt Pavel mit der spitzen Stimme einer Person, die schon den ganzen Tag auf nichts anderes gewartet hat. Ich freue mich. Sie meinen es so gut mit mir. Pavel holt einen Fetzen Zeitung, leckt ihn ab, bröselt das Gras darauf, blickt immer wieder grinsend zu mir auf. Dreht dann alles zusammen und reicht mir die Tüte. Ich nicke ihm zu, er gibt mir die Streichholzpackung. Ich fange an zu rauchen. Dann geht die Tüte rum. Auch Alina raucht mit.

Wir reden und lachen viel. Ich habe die Hoffnung, dass die Jungs Alina vergessen.

Als Pavel fragt, wie sie mir gefällt, frage ich, warum sie so ein junges Ding mitgebracht haben. Pavel sagt: »Weil keine Ältere mitgekommen wäre, zumindest nicht für den Preis.« Er sieht zu Dim, sie grinsen sich zu, dann mich an. »Alter«, sagt Pavel, »sie wollte nur ein paar Tage hier pennen und was zu fressen bekommen.«

Ich kann es nicht glauben. Ich starre Alina an, kann es nicht glauben. Sie antwortet nicht auf meine Blicke, stiert wie tot im Raum herum.

Ich frage mich, wie sie sich fühlen muss; hier zu sitzen mit drei Jungen, in einer verkommenen Baracke, die wir nur Loch nennen, die Wände mit Kohlen bemalt, vorwiegend nackte Frauen, und zu wissen, dass sie bezahlt wurde, damit wir an ihr herumprobieren dürfen.

»Geil, oder nicht?«, fragt Dim, »ein paar Tage, Mann.« Ich sehe ihn an, fange vorsichtig an zu nicken, vergewaltige meinen Mund zu einem Grinsen, meine Stimmbänder zu einem »geil«. Mir ist schlecht.

»Was ist los, Alter«, sagt Dim, »du hast Geburtstag, du bist der erste, wir haben sie noch nicht angerührt.«

Dim guckt von Pavel zu mir. Er zögert, »können wir … zugucken?«

Natürlich nicht, aber würde ein guter Freund so etwas sagen? »Ich … ich weiß nicht«, stottere ich. Pavel ist meine Rettung. »Schon klar, Alter, du bist eben ein Genießer.« Er lächelt. Liebevoll. Er packt Dim an der Schulter und sagt: »Komm schon, wir verpissen uns jetzt für ein Stündchen«, dann dreht er sich zu mir um, »damit wirst du wohl hinkommen, oder?« Er sagt es, als wüsste er, wie lange eine Stunde dauert und als wüsste er, wie lange man zum Ficken braucht.

_31

»Ich habe dir gesagt, dass ich nicht zu Hause bleiben kann«, sie verteidigt sich. »Aber warum musstest du ausgerechnet hierher kommen? Mitten unter uns. Was ist das für eine Situation. Wie stellst du dir die nächsten Tage vor?« – »Das ist mir egal«, sagt sie. »Hätte ich zu Hause bleiben und darauf warten sollen, dass du dein ‚vielleicht' irgendwann einlöst? Hätte ich mich weiter vergewaltigen und schlagen lassen sollen?«

»Aber warum hierher, warum nicht irgendwo anders hin?« »Wohin denn«, fragt sie, »wohin hätte ich gehen sollen? Auf der Straße erfrieren? Außerdem wusste ich ja nicht mal, dass es deine Freunde sind, du hast sie mir schließlich nie gezeigt.« Sie will mich nicht verstehen. Sie versteht nur sich selbst. Sie ist in meine Familie eingezogen und sie wird alles zerstören. Meine Liebe oder meine Freundschaft oder beides. Man kann nicht parallel träumen. Nicht mit nur einem Leben.

»Du wärst also mit jedem mitgegangen, hättest mit jedem geschlafen.« Sie zuckt die Schultern. »Was hättest du gemacht?«, ihre Lippen bewegen sich kaum, sie zittert nicht. Die Gleichgültigkeit sitzt an ihrem Frauenkörper wie ein Kinderpullover. Passt weder in Form, noch in Farbe.

_32

»Und? Hast du's der Alten ordentlich gegeben?«, fragt Pavel, als er den Kopf neugierig durch die Tür steckt.

Wir rauchen, saufen und schnüffeln. Wir feiern. Dim ist ganz versessen darauf, mit Alina zu schlafen. Heute kann ich sie noch beschützen. »Heute«, sage ich, »gehört sie mir.« Und Pavel nickt dazu. Dim akzeptiert es, wie er alles akzeptiert, was Pavel ihm sagt. Pavel, unser Anführer.

Wir schmiegen uns aneinander. Ich kann mir nichts

Schöneres vorstellen als mit Alina unter einer Decke zu schlafen. Es ist eine der wärmsten Nächte, an die ich mich erinnern kann. Heute, heute. Aber was wird morgen? Was wird nur morgen? Ich kann meine Alina nicht teilen. Was soll ich Dim morgen erzählen.

Als die Kälte den Sonnenaufgang ankündigt und an meinem Schlaf rüttelt, zieht sich mein Magen zusammen. Ich habe Angst.

Wir teilen unser Brot. Ich werfe ein paar Kohlen auf das Feuer, mache das Tauwasser. Dim grinst. Er flirtet mit Alina. Ich betrachte die rußschwarze Decke. Ich werfe ihm den Bottich mit dem Schafsfett vor die Füße.

Alina kommt mit an die Gleise. Sie bleibt bei den Jungs, in die Stadt kann auch sie nicht mehr gehen.

Auf meinen Wegen zwischen Stadt und Gleis bin ich wie eine Spinne, ich ziehe Gedankenfäden zwischen meinen Orten, baue ein Netz, in dem ich mich selber fange.

_33

Das bin ich: ein Junge unter dem hässlichen *Katowicer* Himmel, auf der gefrorenen polnischen Erde, zwischen zwei Gegenträumen, in denen ich zu lange geschlafen habe, um sie aufzugeben. Jetzt kollidieren sie. Zerreiben mich, wenn ich nicht auf der Hut bin.

Ich erzähle dem Korsakow-Mann von meinem Unglück. Ich liege auf seinem Schoß und weine.

Ich sage: »Ich habe nur eine Möglichkeit, wenigstens einen Traum zu retten. Du wirst daran leiden müssen.« Er versteht mich ohnehin nicht.

Ich habe Angst, ins Loch zurückzukehren.

_34

»Solange Alicia bei uns ist, haben wir Urlaub«, sagt Pavel. Dim klatscht in die Hände. »Und heute bin ich dran«, ruft er. Ich hasse seine gierigen Augen. Die Vorstellung, dass er meine kleine Alina anfassen wird, fährt mir wie ein Schnellzug von Ohr zu Ohr. Seine groben Hände, seine gierigen Blicke, seine unreinen Gedanken auf meiner Alina, mit ihrer edlen Haut, den großen Augen, dem geschundenen Unterleib.

Wir schnüffeln reihum. Meine Gedanken werden erträglicher. Dann geht es los.

Dim zieht sie aus und lacht dabei. Alina steht da, hilflos, wehrlos, schamhaft. Ich will denken: selbst schuld, warum bist du auch hergekommen, aber ich kann nicht.

Dann steht sie nackt vor uns. Nackt. Ihre kleinen Brüste, ihr blauer Bauch, das schwarze Dreieck zwischen ihren Beinen. Sie zittert. Als Dim seinen Schwanz auspackt und an ihr reibt, beginnt sie zu wimmern. Er macht sich über sie lustig und beugt sie vornüber. Er lacht wie verrückt und fährt in sie, dass sie fast umkippt. Sie wehrt sich vorsichtig. Sie ist eine Ausgelieferte, die dem Peiniger keinen Anlass zur Brutalität geben will. »Was ist los«, schreit Dim, er lacht nicht mehr, »bin ich dir nicht geil genug? Ich zeig dir gleich, wie geil ich bin.« Er drückt ihren Kopf nach unten und zieht ihn an den Haaren in den Nacken. Er stößt wild zu. Ich möchte durchdrehen, aber ich sehe weg.

Sie weint. Er lacht. Der geile Dim.

Ich schreie. »Hör auf, hör auf damit!« Pavel lacht weiter und schreit zurück. »Was ist los? Meinst du, du bist der einzige, der mal ran darf? Meinst du, du kannst es besser?«

Ich stoße ihn weg, Alina fällt auf den Boden. Sie bleibt liegen und schluchzt. Pavel liegt in der Ecke. Er hält sich raus.

»Drehst du durch, du Wichser?« Dim bellt. »Was ist los? Stehst du auf die Kleine?« Er tritt meine Alina mit dem Fuß. Ich warte. Seine Augen auf meinen. Er tritt noch einmal. Und noch einmal. Sie liegt im Dreck, nackt, und weint. Ich schlage Dim mit der Faust ins Gesicht. Er fällt um. Pavel steht auf. Ich werfe Alina ihre Sachen hin. »Zieh dich an!« Pavel sieht mich verwirrt an. Er will irgendetwas sagen. Ich antworte vorher: »Dim dreht durch. Sein Kopf funktioniert nicht mehr.«

Dim liegt mit blutiger Nase in der Ecke. Er lacht. Er dreht nicht durch. Er lacht. Dann ruft er: »Na und? Ich hab sie gefickt.«

Wie laut ein Mensch lachen kann.

Wir schlafen unter meiner Decke ein. Alina zittert noch im Schlaf. »Ich mag ihn«, flüstert sie mir zu.

_35

Keiner sagt ein Wort. Die Handgriffe sind mechanisch. Wir sehen uns nicht in die Augen. Ich habe keine Geheimnisse mehr, um die undichten Stellen unserer Freundschaft zu kitten. Nur eines, das alles zum Platzen brächte.

Alina mit den Jungs, ich in die Stadt. Wieder wird die Aufteilung die gleiche sein.

Um sich zu beruhigen, schnüffeln Pavel und Dim heute schon am Morgen. Ich nicht, denn ich brauche einen klaren Kopf, um die Spinnenfäden zu kämmen.

Mit dem ersten Sack auf den Schultern laufe ich los. Der hässliche Unterhändler nickt, sein bulliger Buchhalter macht einen Strich. Das ist alles, was er kann.

Mit dem zweiten Sack auf den Schultern geht es wieder Richtung Stadt. Meine Hände bluten, mein Gesicht schmerzt. Ich bin diesen Weg leid. Ich kann die Hügel nicht mehr sehen, nicht die Umrisse der schäbigen Baracken, die die Vorstadt bilden, nicht den immergrauen Himmel, der so eindimensional ist, so einfach, wie für einen Idioten, nicht die menschenleeren Straßen, nicht die Schlaglöcher, die sich wie ein Bohrschrauber in den Asphalt, das Souvenir an bessere Zeiten, senken, nicht die vereinzelten falschen Fellmützen, nichts von alldem kann ich mehr sehen. Mir ist schlecht von meinem eigenen Leben.

Zurück zum dritten Sack. Ich suche in der Böschung, finde ihn aber nicht. Ich habe Angst. Entweder hat jemand den Sack gefunden und mitgenommen, was aber unwahrscheinlich ist, so weit draußen, oder Pavel und Dim haben sich über Alina hergemacht, als ich nicht da war.

Ich renne zum Loch, vielleicht erwische ich sie noch.

Ich hatte Recht. Alina sitzt alleine da, sie weint und zittert. Sie sieht fürchterlich aus, ihre Augen sind verquollen, rot und klein. Ich rede auf sie ein. Sie kann nicht sprechen. Was passiert ist, frage ich. Ich lege meine sanfteste Stimme auf, ich möchte sie beruhigen, nehme sie in den Arm, drücke sie, küsse sie. Nichts zu machen, sie ist völlig außer sich. »Was haben sie mit dir gemacht?«, frage ich. Sie schüttelt den Kopf. Irgendwann bricht sich ein Wort aus ihrem Gaumen los. »Tot.« Ich verstehe sie nicht, frage nach. »Pavel ist tot. Der Schnellzug nach Krakau hat ihn erwischt.«

Pavel. Mein Freund. Mein Vater. Ich sinke zusammen. Und will nie wieder aufstehen.

Ich frage nicht, wo Dim ist. Er ist nicht da.

_36

Wie ich es gesagt habe: Ich habe nur warten müssen. Das Leben hat eine Entscheidung für mich getroffen. Jetzt rauscht die Welt in einem Viereck an mir vorüber. Gegenüber sitzt Alina. Mit einem glücklichen Gesicht.

Zum Abschied hab ich dem Korsakow-Mann erzählt, dass er einmal mein Vater war, bevor ich seiner geworden bin. Ich habe ihm gesagt, wie er mich einst verlassen hat, so muss ich nun ihn verlassen. Er hat es sicher bereits vergessen.

Auch eine Form der Verlässlichkeit.

Ich konnte dem Pfleger kein Geld da lassen, es reicht grade so eben bis nach Berlin. Ich habe ihm geschworen, dass ich, sobald ich kann, Geld schicken werde. Er hat genickt.

Die Welt ist kurzbeinig

Auf der Autobahn sind die Momente, in denen sich Leben schneiden, künstlich gedehnt.

Die Doors im Ohr, die Kindheit im Kopf. Wie immer, wenn ich auf der Autobahn bin. *There's this store where the creatures meet.* Landstraßen sind da ganz anders: Blicke auf Gesichter, in Fenster und Gärten. Und wieder raus. Die Beine der Welt sind kurz und wir sind schnell geworden. Zu schnell für sie, aber genau richtig für unsere Augen.

Autobahnen haben ihr eigenes Highspeed-Leben. Keiner versteht den anderen, aber man ist zusammen.

Ich erinnere mich an die Fahrten mit meiner Mutter, damals, als wir jedes Wochenende quer durch die Republik fuhren um ihre Freunde zu besuchen. Damals saß ich hinten und hab es nicht verstanden, wenn die Gipsy-Kings *un dia suelta de felicidad / si yo no te encuentro yo solo pol la calle* sangen. Dann habe ich mir die Zeit vertrieben, wie ich es heute tue. Leben schneiden.

Ich habe meiner Mutter zugesehen, wie sie auf der Autobahn nach Männern gesucht hat, die ihr mit den Augen ihre Geschichten erzählten. Deshalb mochte sie die Autobahn. Und nicht die Landstraße. Dort gibt es keine Parallelgeschwindigkeit.

Dann habe ich es auch probiert. Es hat nie geklappt. Nur ab und zu ein Winken eines Kraftfahrers, das ich gar nicht wollte und es doch mit Freude hinnahm.

Damals mochte ich die Autobahn nicht. Landstraßen um so mehr. Die Straßen entlang, die meist leer sind, die Bäume, an denen man vorüber zischt und doch hier und da ein einzelnes Gesicht, das man nie wieder sehen wird. Dann muss es schnell gehen: Augen suchen, Augen finden, Leben schneiden. Denken. Ich weiß noch: Ein Junge in meinem Alter und ein grauer Mann am Straßenrand. Ich suche die Augen des Jungen. Wir finden uns. Vielleicht für Sekunden. Ich denke mich in seinen Kopf und sehe mich und wie er sich in meinen Kopf denkt. Der graue Mann wird mein Opa und es ist Sonntag und der Spaten in seiner Hand wird Löcher für Pfähle meiner Hütte in die Erde stoßen. Ich freue mich schon seit Tagen darauf. Opa hat es versprochen und ich war zu aufgeregt, etwas zu frühstücken. Mama war deshalb böse, hat mich ermahnt, Opa nicht so zu drängeln. Der saß lächelnd bei seinem Müsli und ist schließlich doch gleich mitgekommen.

Jetzt stehen wir an der Straße, gegenüber der Wald mit meinem Baum. Nur noch dieser eine Wagen, in dem hinten links ein Junge sitzt. Er sieht mich an, ich suche seine Augen. Er meine. Ich denke mich in seinen Kopf und sehe mich und wie er sich in meinen Kopf denkt.

Gipsy Kings und Opus-Duft. Am Fenster mein Atem in zwei Ellipsen, die sich auflösen. Mein Zeigefinger malt eine Gerade, die sie schneidet, bevor sie ganz verschwinden.

The cars hiss by my window/ Like the waves down on the beach und mittlerweile habe ich mich an die Autobahn gewöhnt. Ich suche Geschichten, lasse mir keine erzählen und lasse nicht um mich werben, um auf einer Raststätte einen Kaffee zu trinken: Zeitvertreib. Live-Soap. *My eyes have seen you / Eyes have seen you / Let them photograph your soul.*

Ich fahre auf der Überholspur. Neben mir ein Z4 mit Mann und Frau. Sie beachten mich nicht. Aber ich sie. Ich habe mehr als zwei Sekunden Zeit, mich in ihr Leben zu denken.

Parallelgeschwindigkeit. Plötzlich bin ich bei ihnen, kann in ihr kleines Leben schauen, als ob ich Tagebuch lesen würde. Wenn ich Gas gebe, sehen wir uns nie wieder. *And you won't know a thing till you get inside.* Ich vergesse die Straße und werde zu Worten, die aus dem geschminkten Mund von drüben schießen. Sie sind jung und hübsch. Sie haben keine Kinder. Sie sind erfolgreich. Ich entscheide, welche Worte sie spricht. Interaktive Live-Soap.

Ich kann böse sein oder Komplimente verteilen. Ich heiße Heidrun oder Ronja. Ich führe eine offene Beziehung oder bin eifersüchtig. *I got some friends inside* höre ich und denke: ja, verdammt, dass stimmt. Ich bin, was ich sein will und vor allem: so lange ich es will. Geschwindigkeit halten, Gas geben oder bremsen. Ich entscheide.

Geschwindigkeit halten. Heidrun. Eifersüchtig und im Moment böse. Geboren Sommer '76. 2700 Gramm und bis heute untergewichtig. Erste Brille mit fünf und Pferdesticker gesammelt. Lieblingsbuch: Struwwelpeter, später: Feuerzangenbowle. Noch nie einen Liebesbrief geschrieben, aber Jucken in den Fingern. Schönste Momente: mit sieben im Ski-Urlaub in Tirol am Morgen die Eisblumen am Fenster mit warmem Kakaoatem weggewärmt und mit Jutta nach dem Abi in Samsun den ganzen Tag nur Strand und türkisches Nougat. Schlimmste Momente: Abends aus dem Keller Wein holen für Papa und gestern Hankes Kuss auf Gabis Mund. Abi: 1,6. Jura. Internationales Recht und freie Wirtschaft. Jetzt: A27 Richtung Bremen, dann: Dominikanische Republik mit Hanke.

My eyes have seen you. Ich gebe ein wenig Gas, um Hankes Gesicht sehen zu können. Hanke heißt Tomasz und ist Sohn tschechischer Einwanderer. Senkspreizfuß und schon im Kindergarten Außenseiter wegen der Gesundheitsschuhe. Lieblingsserie: Danger Mouse. JuLi-Vorsitzender im Kreis Braunschweig. Am Arm: Eine falsche Rolex aus Tunesien. In der Freizeit Fitness und eine echte Calvin Klein-Shorts mit braunem Karo im Schritt. Lieblingsduft: Minotaure. Jetzt: schlechtes Gewissen wegen Gabi und keine Lust auf Urlaub und Diskussion. Was Tomasz nicht mag: Heidruns getrockneten Speichel in den Mundwinkeln auf viel zu rotem Lippenstift.

My eyes have seen you / Stand in your door. Ich gebe Gas. *When we meet inside.* Spurwechsel. *Show me some more.* Ausfahrt und die Freude auf die Landstraße. Opusduft und Gipsy Kings im Kopf.

Ich setze eine Sonnenbrille auf.

Dank an:

Christian Springub
Matthias Fuhst
Nils Bretschneider
Beate Haas-Heinrich
Jette Heinrich
Rudolf Zimmermann
Christina Gerdts
Stefanie Ericke-Keidtel
Kaffee.Satz.Lesen
Judith Szillus